夜姫

新堂冬樹
Fuyuki Shindo

幻冬舎

夜姫

プロローグ

床に大理石を貼った五百坪はあろうかという広大なフロアのソファ席に、煌《きら》びやかなドレスに身を包んだ数十人のキャストが座っている様は盛観だった。

嬉しそうな顔、不機嫌な顔、緊張気味の顔、興味なさそうな顔……。今日は、「ナイトアンジュ」の売り上げランキング発表の日だった。

毎月五日のオープン前——午後六時から全体ミーティングを兼ねて行われるランキング発表は、指名の少ないキャストにとっては地獄の時間だった。

スカイブルーのショート丈のドレスを着た乃愛《のあ》は、ソファ席の中央に座り涼しい顔でランキングの発表を聞いていた。

サイドアップにした褐色の髪、円《つぶ》らな瞳、ほどよく高く整った鼻、微かに反った上唇、鋭角な顎のライン——乃愛の存在感は、大勢のキャストの中でも際立っていた。

「では、ここから、ベスト3の発表だ。緊張の一瞬だな？」

店長の桐谷《きりたに》が、コーヒー豆のような褐色の陽灼《ひや》け顔に悪戯《いたずら》っぽい笑みを浮かべた。

「店長、やっぱりイケてる」「彼女いるのかな？」「いるに決まっててんじゃん。仕事ができて

「あー羨まし。キャバ嬢かな?」

「どうだろ、ああいうタイプにかぎってさ、自分はチャラいくせに意外と真面目なOLとつき合ってたりするんだよね」

ベスト10にも入っていなかったヘルプ要員のキャスト達のひそひそ話が、背後から聞こえてきた。

ツーブロックの〝ネオ七三〟、ドルチェ&ガッバーナのタイトなスーツ越しでもわかる筋肉質の肉体——二十七歳の若さで店長に抜擢された桐谷は仕事ができる上に容姿もいい。キャストからの人気は高かった。

「十月度の第三位は、花果《はなか》、四百五十八万!」

桐谷が拍手をすると、キャストも続いた。

サーモンピンクのショートラインのドレスを着た花果が、席を立ちフロアの中央に歩み出る。ベスト3からは、キャストがスピーチをすることになっていた。

「私が三位なんて、夢のようです。半年前に入店した頃は指名が全然取れなくて、待機ソファが指定席でした。一時間とか二時間とか、待機の間中、スマホでゲームをしたりほかの子達とお客さんの愚痴を言ったり……。そんな私に乃愛ちゃんが教えてくれたんです。ゲームしたり喋ったりしている暇があれば、一本でも多くお客さんに電話やメールをしなさいって。来月は、少しでも乃愛ちゃんに近づけるようにもっと頑張ります!」

花果が溌剌《はつらつ》とした口調で言うと、頭を下げて席に戻った。

「ほんと、ありがとうね」

乃愛の隣に座りながら、花果が言った。

「そういうの、いいから」

乃愛が素っ気なく言うと、花果の表情が強張った。

「感じ悪っ」「あの子、愛想ないよね」

後ろから、誰かの囁き声が聞こえてきた。

構わなかった。

友達を作るために、ここにいるのではない。キャストとは、馴れ合いになりたくなかった。

乃愛にとって、「ナイトアンジュ」は戦場だ。

ほかのキャストは、倒さなければならない敵――それ以上でも以下でもない。

「第二位は汐音《しおね》、五百四十二万！　前に」

桐谷に促され、汐音が前に歩み出た。

燃えるような真紅のチャイナドレスのスリットから、歩くたびに艶めかしく太ももが覗いた。ざっくりと開いた胸もとには、深い谷間が刻まれていた。

汐音は乃愛より一つ上の二十二歳で、客の間では「ナイトアンジュ」のセックスシンボルと呼ばれている。

単なる呼称ではなく、彼女が枕営業をしているのはキャストの間では周知の事実だ。

だからといって、誰とでも寝ているわけではないようだが。

汐音と親しいキャストから聞いた話では、オーパス・ワンやシャトー・マルゴークラスの十五万円以上のボトルを涼しい顔で入れる太客が、彼女の中でのボーダーラインらしい。

身体《からだ》を売るキャストを、乃愛は非難する気はない。

たしかに、枕営業は手っ取り早く売り上げを稼ぐ手段だ。

ただし、色で落とした客は長続きしない。肉体関係を持った瞬間に、男は目的を果たした気分になりキャストへの興味が半減してしまうのだ。

もちろん、客を飽きさせずに楽しませる話術があれば別だ。だが、枕営業するようなキャストは色恋に頼り過ぎるので、話術を磨くことを怠っている者が多い。

真のナンバー1は、話術だけでなく、客にメールやＬＩＮＥをするタイミングや文章の内容にまで気配りをする。

乃愛が決めているのは、まず第一に敬語とタメ語を使い分けること。年齢や職業で決めるのではなく、相手の性格を見抜くのがポイントだ。

五十代の社長でもタメ語で喋ることを喜ぶ者もいれば、二十歳のフリーターでも敬語を使わなければ不機嫌になる者もいる。

第二に、客には必ず午前中にメールを入れること。おはよう、の一言だけで十分だ。なにかを伝えるためにメールをするのではなく、ギャップを感じさせるためだ。

たいていの客は、夜の商売をするキャストが不規則な生活を送っていると思いがちだ。

実際、そういうキャストも多い。午前一時に営業が終わり、着替えて常連客とアフターに行き、家に戻るのは早くても四時を回り、シャワーを浴びてベッドに入る頃には五時近くになる。昼の仕事をしていないキャストなら、起床するのは夕方に近い午後だ。シャワーを浴び、午後六時頃に同伴客と遅い昼食を摂り、八時過ぎに行きつけの店でヘアメイクを受けてから、九時頃に店に出勤するのが一般的な流れだ。

乃愛はアフターが重なり、帰りが朝の八時頃になったとしても、十時には起床して客にメールを打つ。朝の十時といえばキャストにとっては一般的な人の真夜中と同じで、睡魔に抗うのは容易ではない。

だが、午前中に届く一本のメールが、「朝早くに起きるなんて、あの子はちゃんとしているんだな」という好印象を客の心に植えつける。

第三に、メールの内容は店とは関係のないものにすること。

客が一番ガッカリするのは、お目当てのキャストにお客さんだと思われていることだ。誰しも、自分だけはお客さんを超えた存在でありたいと願う――それが客の心理だ。

だから乃愛は一緒に飲みたい、顔がみたいなどという営業メールは一切しない。

行方不明の女子高生、大丈夫かな？　昨日整体に行ったら逆に首が回らなくなった――店とは関係のない内容を送れば、客とキャストの関係性を超えたような気分になり喜ぶものだ。

男性心理を読んだ接しかたをしていれば、色恋を売りものにしなくても客は店に足を運んでくれて、長期的に金を落としてくれる。

色恋営業は瞬間的な爆発力はあるが、持久力に欠ける。本気でつき合うならば問題はないが、複数の常連客を相手にそれは不可能だ。

「二位といっても、喜びはありません」

汐音が、言葉同様に笑顔なきスピーチを始めた。

「この一年間、乃愛ちゃんがずっとナンバー1っていうのは、私にとって最高の屈辱でした」

押し殺したような声で言うと、汐音は乃愛を燃え立つ瞳で睨みつけた。

「私のなにが、彼女に負けてるんだろう、私になくて彼女にあるものってなんだろうって、毎日のように考えています。そこで出た答えは運です。彼女は運がよくて、私は運が悪い。ただ、それだけのことです。ラッキーは、フリー客で太客だと思えば、まず最初に乃愛ちゃんに付けます。これは、かなりのハンデです」

汐音の尖った視線が、乃愛からラッキーの山路《やまじ》に移った。茶髪のウルフカット――軽薄なホストのような山路が、下唇を突き出し肩を竦《すく》めた。

ラッキーとは、フリー客にどのキャストを付けるかを決める重要な役割だ。ロリコン系、セクシー系、美人系、かわいい系、ギャル系、清楚系……。ラッキーは、フリー客が店に足を踏み入れ席に着くまでの僅か一、二分の間に、どんな女性が好みかを判断しなければならない。

最初の来店で好みのキャストが席に着かなければ、その客は二度と遊びにこようとは思わない。店に何百万円も落とす可能性のある客を捕まえるも逃がすも、ラッキーの腕次第というわけだ。どの店も、ラッキーには洞察力と判断力のある人間を選ぶ。

つけ加えれば、神経の太い人間だ。キャストの不平不満をいちいち真に受け胃を痛めているような細い神経では、ラッキーは務まらない。

「まあ、なんにしても来月は必ず乃愛ちゃんを抜き、私がナンバー1になってみせます」

汐音がスピーチを終えると、彼女の派閥のキャスト達が拍手をした。

彼女はなにもわかっていない。乃愛は冷え冷えとした眼で、席に戻る汐音を追った。

運だけで一年間もトップを守り続けられるほど、キャバクラの世界は甘くない。

乃愛には、トップにならなければならない理由がある。

眼を閉じた。陰鬱な音を立てながら、記憶の扉がゆっくりと開いた。

――茉優《まゆ》、帰ったと?

乃愛はドアを開けると、呼びかけながらパンプスを脱いだ。電気は消えていたが、沓《くつ》脱ぎ場にピンクのスニーカーがあった。

二年前まで、乃愛は中野の１ＤＫのマンションで年子の妹——茉優と同居していた。

乃愛は渋谷のファストファッション店の店員、茉優は新宿の美容室のインターンだった。

両親は、乃愛が十五歳のときに交通事故で死んだ。母の実家に父の運転で向かっている途中、信号を無視して突っ込んできた四駆に衝突されたのだ。

ふたりは茉優が高校を卒業するまで、熊本の伯父夫婦の家で世話になった。

乃愛は高校の先輩が勤める東京のアパレルメーカーに就職が決まってすぐに、茉優を連れて伯父の家を出て上京した。伯父夫婦は優しく居心地はよかったが、還暦を過ぎたふたりにいつまでも負担をかけたくはなかった。

東京の住まいは、先輩が上司に頼んで、会社の寮となっている中野のマンションを用意してくれた。

——なんで電気をつけんと？

室内ドアを開けた乃愛は、スイッチを押した。闇が取り払われ、二段ベッドの下段で背中を向けている茉優の姿が眼に入った。

——まだ八時よ？　今日は、早く終わったと？

茉優はまだ見習いなので、夜八時に営業が終わってから店で練習をし、家に戻ってくるのはいつも十一時を過ぎていた。

——どこか、具合が悪かと？

返事をせずに背中を向けたままの茉優に、乃愛は声をかけた。

眠っているのかと思った瞬間、茉優の肩が小刻みに震えた。

――起きてる？　茉優、どげんしたと？

乃愛の問いかけに、茉優が嗚咽《おえつ》を漏らした。


「いよいよ、第一位の発表だ」

茉優の嗚咽に、桐谷の声が重なった。

「『ナイトアンジュ』の十月度のナンバー1は、十二ヶ月連続で乃愛！　八百七十八万三千円！」

桐谷が発表した数字に、フロアにどよめきが起こった。

乃愛は無表情に立ち上がり、優雅な足取りで歩み出た。

「最初に、言っておきたいことがあります」

乃愛は、感情の籠もらない無機質な瞳でキャスト達の顔を見渡した。

「みんなが、私に勝つのは無理です」

今度は、乃愛の発言にフロアがざわついた。

「なに、あの子、指名が多いからって調子に乗ってない？」「マジ、ムカつく女」「天狗になり過ぎよ」「誰か追い抜いてくれないかな？」

敵意と悪意が含まれたひそひそ声を、乃愛は聞き流した。

「なぜなら、私には、ナンバー1であり続けなければならない理由があるからです」

一言一言、噛み締めるように口にする乃愛の脳裏で、ふたたび記憶のドアが開いた。


――そうだけど、君は誰？

中目黒のタワーマンションの地下駐車場――真紅のアルファロメオに乗り込もうとした星《せい》矢《や》が、乃愛に声をかけられ足を止めた。

――中《なか》條《じょう》茉優を知ってますよね？

――中條茉優？

プラチナブロンドの襟足の長いウルフカット、メタリックグレイのヴェルサーチのタイトスーツ、手にはエルメスのトートバッグ――どこからみてもホスト然とした星矢が、考え込む表情になった。惚《とぼ》けている気配はない。それが余計に乃愛の腹立ちに拍車をかけた。

――新宿で美容師をやっている私の妹です。

――美容師？　ああ……あの田舎っぽい子ね。で、彼女がどうしたの？

――先週、茉優に、もう二度と顔をみせるなって言ったそうですね？

乃愛は、怒りを押し殺し訊《たず》ねた。

――ああ、言ったよ。それが、どうかした？

少しも悪びれた様子もなく認めると、星矢が訊《き》き返してきた。

――どうして、そんなひどいことを言ったんですか？

乃愛は穏やかな口調とは裏腹に、鋭い眼で星矢を睨みつけた。

――え？　だってボトルも入れないでいつまでも店に居すわられたら迷惑だからさ。

微塵の罪悪感もないかのように、星矢は言い放った。

――茉優とは、恋愛関係だったんじゃないんですか!?

思わず、乃愛は語気を強めた。

――は？　茉優が俺の恋人？　おい、お前、どう思うよ？

星矢が助手席に声をかけたのをみて、乃愛は車に女性がいることに気づいた。女性は二十代前半、目鼻立ちがはっきりしたハーフ系の美女だった。

――私以外の女と星矢がつき合うわけないじゃん。

女が鼻で笑った。

――この人、誰なんですか？

剣呑な声音で、乃愛は訊ねた。

――花蘭《からん》は歌舞伎町の「メビウス」ってキャバクラのナンバー1キャストだよ。

――「メビウス」のナンバー1っていうことは、日本でナンバー1ってことなの。ナンバー1ホストの星矢とナンバー1キャストの私は、ドリームカップルってわけ。

星矢の言葉を引き継いだ女性――花蘭が、優越感に満ちた表情で言った。

長い手足に括《くび》れた腰、助手席に座っていてもわかるスタイルのよさ……。悔しいが、花蘭は同性の自分からみても魅力的だった。

――茉優は本気であなたを好きだったんですよ!?

乃愛は星矢に訴えかけた。

茉優はもう一週間仕事を休み、家に引きこもっている。ろくに食事も摂らず、話しかけても生返事しかせず、抜け殻のようになっていた。

――客が俺に惚れるのはあたりまえだ。

にべもなく、星矢が言った。

――じゃあどうして、茉優が勘違いするようなことを言ったんですか!? あなたは、茉優のことを好きだって言いましたよね!?

乃愛は星矢を厳しく問い詰めた。

――そんなの、店で金を落とさせるために決まってんだろ? だけど、外れだったよ。サラ金回れば二百万くらい引っ張れると思ったけど、あいつ未成年だったから保証人なしじゃ借りられなくてさ。そんな女、いつまでも相手にしてるほど暇じゃないんだよ。

星矢が吐き捨てた。

――だいたいさ、美容師のインターンのくせにホスト遊びするのがおかしいんじゃない?

小馬鹿にしたように、花蘭が言った。

――茉優は、ホスト遊びをしたわけじゃありません！　この人のことを、本気で――。

――だから、それが勘違いだって言ってるのよ！

花蘭が、声高に乃愛を遮った。

――本気で好きになってたとでも言いたいの？　星矢みたいなトップホストが、あんたの妹みたいな田舎娘を相手にするとでも思ってるの？

――茉優と会ってもいないのに、どうしてそんな侮辱するんですか！

車内の花蘭に、乃愛は抗議した。

――わからないの？

――あなた、仕事は？

花蘭は薄ら笑いを浮かべながら、助手席から降りると乃愛に歩み寄った。

――アパレルメーカーに勤めています……。どうして、そんなこと訊くんですか？

――あら、呆れた！

突然、花蘭が声高に笑った。

――なにがおかしいんですか!?

不快な表情で、乃愛は言った。

――秋なのに夏物のワンピース、羽織ったカーディガンの生地と色もミスマッチ、メイクもチークが濃過ぎてリンゴほっぺになってるし、ルージュも歯についてるし、イモ臭いあなたをみてれば、妹も垢抜けてないことくらいわかるわ。

嘲るように、花蘭が言う。

——私のことは馬鹿にしてもいいですけど、妹への侮辱は許せません！

——なんでもいいけどさ、侮辱されたくなかったら、お前もお前の妹も洗練された女になってみろよ。この花蘭の半分でも垢抜けて店で金を落とせるようになったら、妹の相手してやってもいいからさ。まあ、アヒルが白鳥になるのは無理だけどな。

星矢が鼻で笑い、ドライバーズシートに乗り込んだ。

——星矢みたいな一流の男とつき合うのは、私みたいな一流の女じゃなければ釣り合いが取れないってことを妹に教えてあげて。

発進するアルファロメオの助手席の窓から顔を出した花蘭が、勝ち誇ったように言った。


二年前の屈辱の出来事が、昨日のことのように脳裏に蘇った。

「『ナイトアンジュ』で一位になるのは、私にとって通過点です。明後日から開催される系列店コンテストの『夜姫杯』で優勝するために、一年間頑張ってきました」

乃愛は、抑揚のない口調で淡々と語った。

「ナイトアンジュ」の親会社である「ブリリアンカンパニー」はほかに歌舞伎町に四軒、合計五軒のキャバクラを経営している。

「夜姫杯」では、「メビウス」「フロマージュ」「アンダルシア」「ジュテーム」、そして「ナイトアンジュ」のキャストが一ヶ月間にわたり売り上げを競い、ベスト5が発表される。

「夜姫杯」で優勝したキャストには五百万円の賞金が支払われ、一年間「ブリリアンカンパニー」の顔となり、宣伝広告などにイメージガールとして起用される。

乃愛が「ナイトアンジュ」に入店するまでの過去四回の「夜姫杯」の優勝者は、「メビウス」のナンバー1キャストの花蘭だった。

そう、妹の茉優を利用するだけ利用して捨てた、ホストの星矢の恋人だ。花蘭は「ブリリアンカンパニー」の絶対女王と呼ばれていた。

現在二十四歳の彼女は、二十歳の頃に「メビウス」に入店して以来、四年連続で「夜姫杯」で優勝している。つまり「ブリリアンカンパニー」のイメージガールはこの四年常に花蘭だった。

ナンバー1ホストの星矢とナンバー1キャストの花蘭。

ふたりだけは、絶対に許せない。

冷え冷えとした霊安室。

ストレッチャーに横たわる屍《しかばね》の前で、乃愛は絶句していた。

眼の前の屍の頭部と顔は損傷が激しく、首につけていたハートリングのペンダントがなければ茉優とはわからなかった。妹の誕生日に、乃愛がプレゼントしたティファニーのペンダントだった。

——ビルの屋上から、身を投げたようです。

刑事の陰鬱な声が、霊安室に寒々と響いた。

——どうして……どうして……。

うわ言のように、乃愛は繰り返した。

——妹さんは、質《たち》の悪い金融業者から二百万くらいの借金をしていたようです。利息が十日で三割とかの、違法な高利貸しです。二百万だと、十日で六十万の利息がつきます。妹さん、未成年だからまともな消費者金融では借りられず、闇金融に手を出したんでしょう。借りたお金は、飛び降りたビルに入っているホストクラブで使っていたようです。

——嘘よ、嘘……。ねえ、嘘って言って！

冷たく硬くなった妹の身体を揺さぶり、乃愛は号泣した。

残酷過ぎる記憶の扉を、乃愛は閉めた。

「花蘭さんがいる『メビウス』は店自体のレベルが高く、売り上げ十位あたりのキャストが『ナイトアンジュ』ナンバー3の花果ちゃんに匹敵します。高いレベルで切磋琢磨しているので、キャストの売り上げも伸びます。ロッカールームや待機ソファでお客さんの悪口や男の話をしている暇があったら、お礼のメールの一本でも入れてください。それができないなら、せめて私の足を引っ張るのはやめてください。キャストのレベルが低いって悪評が流れたら、客足に影響しますから」

乃愛は、無機質な瞳で見渡した。

「何様のつもりよ！」「いい加減にしなよ！」「なんであんたに、偉そうに言われなきゃならないわけ!?」「『ナイトアンジュ』の店長にでも、なったつもり？」

キャスト達から、野次が飛んできた。

「文句は、私を抜いてからにしてください。以上です」

乃愛は抑揚のない口調で一方的に告げた。目の前には、敵意の籠もった眼で睨みつけてくる数十人のキャストがいた。

だが、乃愛の瞳に映っているのは、花蘭だけだった。

第一章

1

キャバクラで働くには——。

自宅マンションのクッションソファに座った乃愛は、インターネットで検索した。

乃愛の瞳に、「体入ドットコム」というサイトが真っ先に飛び込んできた。体入とは体験入店のことらしい。クリックして、サイトのトップ画面で微笑むキャストをみて息を呑んだ。

「花蘭……」

——星矢みたいな一流の男とつき合うのは、私みたいな一流の女じゃなければ釣り合いが取れないってことを妹に教えてあげて。

アルファロメオの助手席から勝ち誇ったような顔で微笑む花蘭が、脳裏に鮮明に蘇った。

乃愛は暗鬱な記憶の扉を閉め、トップ画面の文字情報を追った。

キャバクラ、クラブ、ガールズバー、ラウンジ、スナック……。ナイトワーク体験入店専門サイト――。

乃愛は、「いっぱつ検索」をクリックした。エリアは「東京」を選んだ。

東京には、八百七十六店舗もの登録があった。新宿六十七店舗、六本木三十四店舗、渋谷三十二店舗――乃愛は「新宿」を迷わずタップした。業種で「キャバクラ」を設定した以外、時給も勤務条件も指定しなかった。

キャバクラで働くのは、金を貯めたいからでも派手な生活をしたいからでもなかった。

――秋なのに夏物のワンピース、羽織ったカーディガンの生地と色もミスマッチ、メイクもチークが濃過ぎてリンゴほっぺになってるし、ルージュも歯についてるし、イモ臭いあなたをみてれば、妹も垢抜けてないことくらいわかるわ。

ふたたび脳裏に蘇る花蘭の嘲り顔を、乃愛は打ち消した。

二十五軒がヒットした。乃愛は、「メビウス」以外の二十四軒に視線を巡らせた。

「フロマージュ」「アンダルシア」「ジュテーム」「ナイトアンジュ」――乃愛は「ブリリアンカンパニー」の系列店をピックアップする。四軒のうちならどの店でもよかったが、中でも大箱の「ナイトアンジュ」をクリックした。「ブリリアンカンパニー」の系列店の中では「メビウス」が一番の大箱だが、花蘭が勤めているので体入候補からは外していた。

体入時給　七千円以上

時間　二十時～二十五時
エリア　歌舞伎町
業種　キャバクラ
資格　十八歳～二十九歳
最寄駅　（JR、地下鉄各線・西武新宿線）新宿駅　東口より徒歩三分

乃愛は、メールボタンをタップした。開かれたメール欄の送信先は「ナイトアンジュ」になっていた。

氏名、年齢、希望日を打ち込んで送信した乃愛はソファから腰を上げ、駅前の洋菓子店で買ってきたケーキを冷蔵庫から取り出した。

キッチンシンクでケーキの箱を開け、茉優の好きなフルーツタルトを皿に移した。

「今日のは、ブルーベリーがたっぷり載っとるよ」

窓際のチェストの前に立った乃愛は微笑む「茉優」に語りかけ、フルーツタルトを載せた皿を仏壇に供えた。

「アパレル、辞めてきたけん。姉ちゃん、キャバクラで働くけんね。心配せんでも大丈夫。茉優、知っとるよね？　昔から姉ちゃんが、負けず嫌いだって」

乃愛は茉優にファイティングポーズを作ってみせた。

――侮辱されたくなかったら、お前もお前の妹も洗練された女になってみろよ。この花蘭の半分でも垢抜けて店で金を落とせるようになったら、妹の相手してやってもいいからさ。まあ、アヒルが白鳥になるのは無理だけどな。

星矢の小馬鹿にした顔が浮かび、乃愛の皮下を流れる血液が沸騰したように熱くなった。

「姉ちゃん、誰よりも美人になるけん。女優さんみたいに魅力的になって、一番になるけん。茉優を馬鹿にした人達ば、追い抜くけんね。約束ばい」

乃愛は宙に小指を掲げた。

茉優の微笑みが、涙に霞んだ。眼を閉じた。

一年で、追い落とすから。

瞼の裏に浮かぶ花蘭と星矢に語りかけた。

追い落とされるだけで済むと思わないで。茉優の命は、そんなに軽くないから。

乃愛はふたりに宣戦布告した。

2

派手な容姿の若い女性とサラリーマンらしき地味な中年男性のカップルが、やたらと目立った。

上京して一年、歌舞伎町に足を踏み入れるのは初めてだった。熊本で生まれ育った乃愛には、歌舞伎町という街はアンダーグラウンドな怖いイメージがあったからだ。

乃愛は、スマートフォンの地図をみながら区役所通りを奥に進んだ。まだ夜の八時だというのに、あたりには大声を出して騒いでいる大学生らしきグループや、路上に屈み込み吐いている女性の姿があった。

乃愛が働いていたファストファッション店のあった渋谷も夜になると酔客が溢れていたが、歌舞伎町のほうが殺伐とした空気が漂っていた。

「お姉さん、モデルさん？」

茶髪のウルフカット、スカイブルーのスリムスーツ——ホスト然とした男が、軽薄な口調で声をかけてきた。乃愛は、無視して歩を進めた。

「ちょっとだけ、ウチの店に遊びにこない？」

「結構です」

冷たく言い残すと、乃愛は足早に歩いた。

「どこの店で働いてるの？」

五メートルも歩かないうちに、別の若い男が声をかけてきた。黒のスーツを着た男も派手で軽いノリだったが、ホストとは違う匂いがした。

乃愛は、振り返りも立ち止まりもしなかった。

「夜の仕事とか、興味があるなら紹介するよ？」

「これから面接です」

足を止めずに、乃愛は言った。

「どこ？　キャバクラ？　ガールズバー？　もしかして、風俗？　それはないか。君みたいなかわいいコが、風俗に行くわけが……」

「『ナイトアンジュ』ってキャバクラ、どこにありますか？」

不意に足を止め、乃愛は男性に訊ねた。

「あ、君、『ナイトアンジュ』に面接に行くんだ。あそこはいい店だけど、レベル高いよ〜。もしよかったら、もっと時給高い店を紹介……あ、わかったわかった。そこのローソンの手前、ビルの地下だよ」

話の途中で踵《きびす》を返した乃愛の背中を、男の声が追ってきた。

「ありがとうございました」

乃愛は立ち止まり振り返ると、ペコリと頭を下げた。

男に教えて貰ったビルに入ろうとした乃愛は、足を止めた。

「てめえは、マジにウザいんだよ！」

「そんなこと言わないでよ！　私、なんでも言うこと聞くからさ！」

エレベータ前で、金髪の若い少女が白いスーツのグレイに髪を染めたホスト風の男の腕を摑み泣きじゃくっていた。

「なんでも言うこと聞くんなら、ドンペリ入れろよ。金も落とさねえ客の相手してるほど、暇じゃないんだよっ」

男は吐き捨て、金髪少女を突き飛ばした。

「お金落とさないって、ひどい。先月、流星君《りゅうせい》のお店で百万以上使ったんだよ」

「はぁ!? お前さ、月に百万使ったくらいで太客《ふときゃく》気取りか？ 俺の客は、百万なんて三日で落としていくんだよ！」

「また、お金貯まったら一杯使うから……。流星君に捨てられたら、私、どうすればいいかわかんないよ」

「じゃあ、どうしたら捨てられないか教えてやるよ。金がねえなら、サラ金回って作ってこいよ！」

スーツの裾にすがる金髪少女の髪を摑み、ホストが怒声を浴びせた。

「あの、そういう言いかた、ないと思います」

無意識に乃愛は、男の前に歩み出ていた。

「なんだ、お前？」

「さあ、行きましょう」

眼を剝く男を無視して、乃愛は金髪少女の手を取った。

「余計なことすんなよ！」

金髪少女が乃愛の手を振り払い、睨みつけてきた。

「え？」

呆気に取られる乃愛に背を向け、金髪少女が男のもとに戻った。

「うぜえんだよっ、いい加減、消えろ！」

男は金髪少女に平手打ちし、エレベータに乗り込んだ。泣き崩れる金髪少女に声をかけようとした乃愛の肩を、誰かが叩いた。

「懲りないな、お前」

振り返った視線の先に、黒スーツに身を固めた今風の髪形〝ネオ七三〟の男が呆れた表情で立っていた。

「オラオラ系のホストに嵌《は》まるM女は、怒鳴られて殴られているときに幸せを感じるんだよ。お前も幸せなときに邪魔されたくないだろ？」

「オラオラ系のホスト？」

乃愛は、黒スーツの男の言葉の意味がわからず首を傾げた。

「純粋なのか、演技なのか、どっちにしても、キャバ嬢になったらナンバー1になるタイプだ。金を稼ぎたくなったら、電話くれ」

黒スーツが乃愛に名刺を渡して、エレベータに向かった。

ナイトアンジュ　店長　桐谷　健吾《けんご》

「あっ、待ってください！」

乃愛は慌てて、男——桐谷のあとを追った。怪訝な顔で、桐谷が振り返った。

「私、『体入ドットコム』をみて、連絡した中條乃愛です！」

一瞬、驚いた顔になった桐谷が笑顔になりエレベータに乃愛を促した。

☆

スワロフスキー・クリスタルのシャンデリア、座面のシルク生地にフラワーとロープ柄をあしらったクラシックスタイルのソファ、ピンクの大理石貼りの床——テレビでみたヨーロッパの宮殿のような煌びやかな内装に、乃愛は圧倒された。

「歌舞伎町のキャバクラの中でも一、二を争うくらいに金のかかった内装だが、客は女の子しか眼に入らないから無意味なんだよな」

桐谷が自嘲的に笑いながら、フロアを見渡した。

「なのに、どうして金をかけると思う？」

「社長さんの趣味ですか？」

「外れ。ウチの代表は、シンプルなデザインが好きなんだ。正解はキャストの意識を高めるためさ」

「どういう意味ですか？」

「お姫様が住むような環境にいれば、女の子はどんどんきれいになる。エレガントな空間に相応《ふさわ》しい女になりたいと思って、美しくなるための努力をするんだ。美しく上品なキャストがいる店には質のいい客が集まり、下品で安っぽいキャストがいる店には質の悪い客が集まる。ウチの系列はほかに『フロマージュ』『アンダルシア』『ジュテーム』『メビウス』の四店舗があるけど、どの店も一流を意識した豪華な内装だ。だから、キャストのレベルも高くて歌舞伎町のキャバクラの中で売り上げベスト3は『ブリリアンカンパニー』が占めている。君はどうしてウチの店を選んだの？　時給なら、ほかにももっと高い店があるのに」

桐谷が窺うような視線を向けてきた。

「お金が目的で、キャバクラで働こうと思ったわけじゃありません」

強い光の宿る瞳で乃愛は桐谷をみつめた。

たとえ時給が千円でも、乃愛は「ナイトアンジュ」の面接を受けただろう。

「ほう、珍しいね。将来、店を持ちたいから、ホストに貢ぎたいから、ブランド品を買いたいから、借金を返したいから——理由は様々だけど、ほとんどの子はお金を稼ぐためにキャバ嬢になるんだけどね。じゃあ、君の目的は？」

目的——花蘭をナンバー1の座から引き摺り下ろし、星矢を地獄に叩き落とす。茉優が味わった地獄よりも、底なしの無間《むげん》地獄に——。

もちろん、口には出さなかった。乃愛の秘めた誓いを知れば、桐谷は雇ってくれないだろう。どうしても、「ブリリアンカンパニー」の系列店で働く必要があった。

「ほしいものがあるんです」

胸に広がる罪悪感……。嘘には慣れていなかった。誓いを果たすためと、自分に言い聞かせた。

それにキャバクラでナンバー1を取るには、嘘を吐くことに慣れる必要があった。

「それじゃだめだな」

桐谷がニヤリと笑い、パーラメントに火をつけた。

「そんな理由じゃだめなんですか？」

「理由なんてどうだっていい。重要なことは、リアリティだ」

え？　乃愛には、桐谷の言葉の意味がわからなかった。

「本当の理由を言わなくてもいいが、口に出したことは真実だと思わせなければならない」

嘘だと、見抜かれていた。桐谷の勘が鋭いのか、自分の嘘がへたなのか？

「今度、店が休みのときにデートしようよ？　彼氏はいるの？　俺のこと、どう思ってる？

俺と会えて、嬉しい？　キャストは一日に何回も、日によっては何十回も嘘を吐かなければならない質問をされる。もちろん、全部本音で答えてもいいが、それでは客は怒り離れていくだろう」

「嘘を吐くのを、上手になれということですか？」

「そういうことだ。この空間では、真実を話して得することは滅多にない。それは客もキャストも、だ。僕は結婚してるが、たまには君みたいな若くてかわいいコとエッチをしたい。できるだけ金を使わないでアフターに誘い出すために、ラスト一時間前に店にきてるのさ。私にはホストで好きな人がいて、あんたなんか少しも好きじゃないけど、彼の店でボトルを入れるためにお金を稼がなければならないから、仕方なく我慢しているの。どうだ？　客もキャストも本音を口にしたら、大変なことになると思わないか？」

桐谷が右の口角を吊り上げ、紫煙を吐き出した。

「そんなことを考えている、悪い人ばかりじゃないと思いますけど……」

「いまの君の言葉には、誤りがある。まず、キャバクラにくる男性はすべて下心を持っている。例外があるとすれば、無理やり誰かに連れてこられた場合だ。キャストも同じ。金を落として貰わなければならないから、客の足が店から遠のくようなことは言わない。もう一つの誤りは、客もキャストも嘘を吐くから悪い人ということにはならない。いいか？　この世界では、嘘っぽい真実より真実っぽい嘘のほうが価値があるということを覚えておくんだ」

「はぁ……」

これまで教えられてきた常識を根底から覆され、乃愛の思考は混乱した。

「アパレルを辞めたのは、なにか問題でも起こしたのか？」

桐谷が履歴書に視線を落とした。

「いいえ。キャバクラで働く以上、ナンバー1になりたいんです。だから、昼間の仕事は辞めました」

「ナンバー1になりたいか……。いまの言葉には、説得力があったよ」

桐谷が、意味ありげな口調で言った。

野生動物みたいに、嗅覚の鋭い男だ。目的を悟られないように、十分な注意を払わなければならない。

「どうして、ナンバー1になりたい？」

「さっきも言ったように、ほしいものがあるんです」

「君がほしいってものは、金で買えないような気がするんだがな」

桐谷が含み笑いをしながら言った。

「まあ、いいや。理由はさておき、ナンバー1になろうって向上心はこの世界には必要なことだ。これをみて」

桐谷が、テーブルにiPadを置いた。

ディスプレイは、様々な店のキャストの写真で溢れていた。

「このサイトは『LuLINE』と言って、東京二十三区のキャバクラで働くキャストのランキングをベスト30まで発表しているんだ」

「ランキングは、どうやって決めるんですか？」

「お客さんからのアクセスさ。まあ、芸能人で言えばファン投票みたいなもんだよ。ただ、アイドルと違うのは毎日ランキングが変動するってことだ」

写真に視線をやった乃愛は、息を呑んだ。

ランキング1位　花蘭　メビウス（歌舞伎町）

妖艶に微笑む写真のキャストは、夢にまで出てきた彼女だった。

「花蘭はウチ系列のキャストで、不動のナンバー1だ。この数年、ずっと一位を守ってる。毎日更新のシステムだってことを考えると、大変な偉業だ。ほかにも、ウチの系列五店舗で年に一回、『夜姫杯』ってコンテストをやるんだが、花蘭は四年連続で優勝しているんだ」

乃愛の鼓動は高鳴り、心臓が大量の血液を吐き出した。

「花蘭さんって、なにが凄いんですか？」

花蘭の写真を穴が開くほどみつめながら、乃愛は訊ねた。

「ビジュアル、スタイル、トーク、駆け引き――彼女は、すべてにおいて完璧だ。花蘭が一度でも席に着いた客は、例外なく虜《とりこ》になる。気難しい団塊世代の初老社長にはおくゆかしく、バブル世代のギラギラ系の中年社長にはシモネタを連発して、闇金融や詐欺のオラオラ系の半グレタイプにはノリよく弾けて、識者の客には政治から経済まで会話できて……客のタイプに合わせて、花蘭はキャラを使い分けることができるんだ。これは、教えてできるもんじゃない。花蘭は、キャバクラ嬢として天性の資質を持ってる女だ」

桐谷が花蘭を褒めれば褒めるほど、乃愛の五臓六腑が煮え滾《たぎ》る。乃愛は視線を下に移した。

2位　彩夢《あやむ》　ナイトアンジュ（歌舞伎町）
3位　文乃《ふみの》　美女図鑑（六本木）
4位　アンナ　フロマージュ（歌舞伎町）
5位　まり沙《さ》　アンダルシア（歌舞伎町）

「ベスト5のうち四人が歌舞伎町のキャバクラで、その全員が『ブリリアンカンパニー』の系列のキャストだ。これをみてもわかる通り、ウチのグループのレベルはかなり高い。『ナイトアンジュ』のナンバー1になるには、彩夢を抜かなければならない。彼女は花蘭の後継者と言われる期待の新人だ」

「新人？」

「そう、君と同じ二十歳で、入店一ヶ月目からナンバー1になった逸材だ。今月で半年だが、入店以来、ずっとナンバー1の座を守っている。彩夢を抜くのは、並大抵のことじゃない」

桐谷がパーラメントの吸い差しを灰皿で捻り消し、新しい煙草に火をつけた。

「でも、私のターゲットは彩夢さんじゃありませんから」

「さっき、君はナンバー1になりたいと言わなかったか？『ナイトアンジュ』のナンバー1は彩夢だけど」

「私が抜きたいのは、花蘭さんです」

「え、花蘭って……、本当に花蘭をか？」

乃愛が頷くと、桐谷が噴き出した。

「なにがおかしいんですか？」

乃愛は、ムッとした顔を桐谷に向けた。

「あ、ごめんごめん。君が、あまりに突拍子もないことを言うからさ」

「私、突拍子もないことなんて言いましたか？　花蘭さんを抜きたいと言っただけです」

「それが、突拍子もないことなんだよ」

桐谷が、それまでとは一転した真顔で言った。

「君が口にしたことは、ボクシングジムに入門したばかりのジム生が、日本チャンピオンを倒すって言ってるのと同じだ」

「物事に、絶対はありません」

乃愛は、きっぱりと言った。

「俺も基本はそう思うけど、花蘭に関しては絶対がある。彼女は夜の絶対女王だからな」

「夜の絶対女王？」

「そうだ。これまで何百人ものキャストが挑んでは跳ね返されてきた、越えるのが不可能な高い壁だ」

「じゃあ、私が記念すべき一人目になります」

あっさり言い放つ乃愛に、桐谷が呆れた表情で苦笑した。

「本当に君は、純粋なんだか演技なんだか」

今日、二度目の言葉だ。

純粋なだけでは、泣き寝入りするしかないと知った。純粋なだけでは、茉優の無念を晴らすことも——。

「今夜から、体入してみるか？」

桐谷が、乃愛の顔を覗き込んできた。

「今夜から……ですか？」

「なんか予定が入ってるのか？」

「いいえ、予定は入ってませんけど」

「だったら、今夜から働け。花蘭を超えるとかどうとかいう話はさておき、稼げるキャストになりたいなら、一日でも早く夜の水に慣れたほうがいい。ただでさえ君は、覚えなければならないことが多そうだからな」

「わかりました。でも、衣装とかなにも用意してないんですけど？」

黒のスキニーパンツにニットという自らの格好をみながら、乃愛は訊ねた。

「衣装は、ウチの系列の『ブリリアンジュール』というショップが近所にあるから安心しろ。そこでヘアメイクもできる。話が終わったら、誰かに案内させるから」

「なんでもあるんですね」

乃愛は、正直に驚きを口にした。

「キャストには、できるだけ負担をかけずに仕事に集中してほしいっていうのがオーナーの考えだ。さあ、それより、いくつか基本的なことを教えておくからメモしておくんだ」

乃愛はスマートフォンを取り出し、メモのページを開いた。

「キャバクラには、フリー客と指名客がいる。誰も指名しないで店に入ってくる客をフリー客と言い、目当てのキャストがいて店に入る前にスタッフに告げる客を指名客と言う。売り上げを伸ばしたいなら、一人でも多くの指名客を作るべきだ。指名客がいないと売り上げもつかないし時給も上がらない。ウチの彩夢で指名客が三、四十人ほど、花蘭クラスになると一桁違ってくる」

桐谷が説明しながら、黒服が運んできたウーロン茶のグラスを乃愛の前に置いた。

「そんなに――」

乃愛は息を呑んだ。

「だからといって、フリー客がいきなり本指名を入れてくれるほど甘くはない。フリー客の席には顔見せといって、十分刻みでキャストが付く。そのときに気に入られれば場内指名というのを入れて貰える。まあ、教習所でたとえれば仮免みたいなものだ。ここでいい働きをすれば、本指名に繋がるかもしれない。そうやって、自分の指名客を増やしてゆくんだ。あとは、ほかのキャストの指名客にヘルプで付くことも多い。その場合は、客に求められても連絡先を交換してはならない。指名客と連絡先が交換できるのは、場内指名を入れて貰ったときだ。個人的に連絡しているうちに、客が指名替えをすることも珍しくないし、場内指名のキャストはそうさせようとあの手この手を使う。中には女を武器にする者もいるし、本指名のキャストの男性関係をバラして足を引っ張る者もいる。そんなんでもありの世界で、伸《の》し上がるのは大変なことだ」

「私は、女を武器にしたりほかの人の足を引っ張らず、正々堂々と指名客を増やします」

乃愛はきっぱりと言い切った。

「三ヶ月後も、その綺麗事を口にできるなら褒めてやるよ」

桐谷が小馬鹿にしたように笑った。

「一年経っても、私は変わりません」

乃愛は強い意志を宿す瞳で桐谷を見据えた。

「まあ、そういうことにしておこう。喫煙は、本指名の客のテーブルのときは許可を貰ってからならOKだが、場内指名とフリーのテーブルではNGだ。あとは同伴とアフターってわかるよな？」

桐谷の問いに、乃愛は首を横に振った。

「なんだ、そんなことも知らないのか？　同伴は客とお茶やご飯をしてそのまま店に出勤することだ。同伴は自動的に本指名が取れるから、積極的にしたほうがいい。入店一ヶ月目は夜八時出勤だから、六時頃に新宿界隈で客と待ち合わせして、七時半には『ブリリアンジュール』でヘアメイクを受けて店に入るって流れだな。アフターは午前一時に店が終わってから本指名をくれた客、本指名が取れそうな客とご飯したり飲み直したり。まあ、今日はありがとう、これからもよろしくって意味のアフターケアってことだな」

「同伴やアフターは、必ずしなければならないんですか？」

「義務じゃないが、売り上げを伸ばしたいなら、出勤日には毎回アフターをしたほうがいい。あ、出勤日で思い出したが、君はウチに入ることになったら週に何日出るつもりだ？」

「みなさん、どれくらい出勤するんですか？」

乃愛は、出されたウーロン茶に初めて口をつけた。

「様々だな。営業は月曜日から土曜日までの週六日だが、平均すると週三から五が多い。昼間の仕事とかけ持ちしている子は週一とか週二だし、まあ、売り上げを伸ばそうとする子は週六出勤もいるけどな。ちなみにナンバー1からナンバー3までのキャストは週六出勤だ」

「なら、私も週六出勤でお願いします」

即答する乃愛に、桐谷の口もとが綻《ほころ》んだ。

「やっと、わかったよ」

不意に、桐谷が言った。

「なにが……ですか？」

乃愛は、怪訝な表情で訊ねた。

「演技ではなく、君が純粋だっていうことがさ。ただ、褒めているわけじゃない。白だからこそ、ほかの色に染まりやすい。一滴でも違う色が混ざれば、二度と純白には戻れない」

桐谷が、真顔で乃愛をみつめた。

一滴でも違う色が混ざれば、二度と純白には戻れない——乃愛は心の中で桐谷の言葉を繰り返した。


——ねえねえ、この子、お姉ちゃんに似とらん？

茉優が、ペットショップのケージ内の元気に吠える小犬達の中で、大人しくお座りをしている柴犬を指差した。

――そうね？　どこが似とると？

乃愛は、茉優に訊ねた。

――ほかの子は凄く自己アピールしとるのに、この子だけは控え目で落ち着いとるところが、お姉ちゃんの雰囲気そっくりばい。なんか、お姉ちゃんて、おばあちゃんみたいな安心感あるけん。

茉優が、クスリと笑った。

――十五歳の乙女ば捕まえて、おばあちゃんってひどくなか？

乃愛は、茉優を軽く睨みつけた。

――ごめんごめん、お姉ちゃんが老けとるって意味じゃなかよ。一緒におると、温かい気持ちになれるって意味たい。

顔の前で手をぶんぶんと振り、慌てて茉優が否定した。

――ふ～ん、なんか、お姉ちゃんには、フレッシュさがなかってふうにも聞こえるけど？

慌てる茉優が面白くて、乃愛は意地悪な口調でからかった。

――ほーんと、そぎゃん意味と違うけん。あ、よくみると、なんかこっちの子に似とる。

茉優があたふたとしながら、ケージの中を一番元気に跳ね回っているプードルを指差した。

――もう、さっきの子と全然違うたい。私より、この子、茉優に似とるよ。

乃愛は、柔和に眼を細めて茉優をみつめた。

年子の妹だが、乃愛にとって茉優は娘のような存在でもあった。両親を亡くし、親戚の家で暮らす乃愛と茉優は下校のときに最寄り駅で待ち合わせをし、お茶をしたり、ウィンドウショッピングをしたり、映画を観に行ったり……。親友でもあり、母娘でもあった。

――プーちゃん、かわいかね。こっちおいで。

茉優が、おてんばなプードルを抱き上げた。

――茉優のとこにきたいと？　茉優もプーちゃんと住みたかよ。

茉優が、プードルに頬ずりしながら哀しげな声で話しかけていた。

二人の居候がいるのに、犬を飼いたいなどと伯父夫婦に言えなかった。茉優もそれを理解していた。

――もうちょっと、待っとってね。

乃愛は、茉優に声をかけた。

――え……？

――お姉ちゃん、茉優がワンちゃんば飼える部屋借りてあげるけんね。愉《たの》しみにしとって。

茉優の弾ける笑顔が、昨日のことのように脳裏に蘇った。茉優の仇を討つためなら、何色にでも染まるつもりだ。

3

「へぇ～、水商売自体が初めてなんだ？」

区役所通りを奥へと歩きながら、七海《ななみ》が驚いた顔で乃愛をみた。

七海は「ナイトアンジュ」の古株キャストで、三十路らしい。案内役として、桐谷が彼女を付けたのだった。

「はい。上京してからは、ずっとアパレル関係で働いてましたから」

「ナイトアンジュ」に向かったときよりも、ホスト風の男性や水商売風の女性の姿が目立つようになった。

「いきなりキャバデビューか。それも、いいかも。キャバのお客さんって、新人で初心《うぶ》な子が好きだからさ。でも、気をつけなよ。歌舞伎町は悪い客が多いからね。アフターに行ったときに……。あ、アフターってわかるよね？」

「さっき、店長に説明してもらいました」

「さっきって、呆れた人ね。あなた、キャバ嬢になろうっていうのにアフターも知らなかったの？　アフターで注意しなければならないことは、ホテルに連れ込むために強いお酒を飲ませたり、中にはトイレに立った隙に飲み物に睡眠薬を混入する客がいるっていうこと」

「そんなに、悪い人がいるんですか!?」

乃愛は頓狂な声を上げた。

「睡眠薬は滅多にいないかもだけれど、アフター先のサパーの店員と組んでテキーラとかスピリタスをカクテルに仕込んだりする客は普通にいるから」

「大丈夫です。私の家系、お酒が強いですから。私はほとんど飲めませんけど」

あっけらかんと言うと、乃愛は笑った。

「あなたが飲めないんじゃ、家系がお酒に強くても意味ないじゃん。それに、そういう問題じゃないしさ」

七海が苦笑した。

「わかってます。それに私、こうみえても騙されにくいですから」

本当のことだった。昔から、善意であれ悪意であれ、他人が自分に抱く気持ちを敏感に察知することができた。

「騙されやすそうにみえるけどな～」

声をかけてくる男性をあしらいながら、七海が言った。

「あとは、なんといってもキャスト間のトラブルね。いい人も一杯いるけど、中には意地悪な人もいるからさ。やっぱり、一番多いトラブルは客の指名替えかな」

「指名替え？」

「そう。キャバクラは銀座のクラブと違って自由に指名を替えられるからさ、よくそれでキャスト同士が険悪になるのよ。ひどいときは、ロッカールームで摑み合いになったりもするから」

「それも、大丈夫です」

「え？　もしかして、格闘技とかやってて喧嘩には自信ありとか？」

「いいえ、そうじゃありません。私、気にしないんです」

乃愛は七海に笑顔を向けた。

「気にしないって、なにを？」

「誰になにを言われても、気にしないってことです。私、ナンバー1になりたいんです。そんなことでクヨクヨしていたら、ナンバー1キャバクラ嬢になれないですから」

屈託のない口調で、乃愛は言った。

「あなたってさ、真面目で大人しそうなのに肝が据わってるのね」

「……強くならなきゃいけない理由があるんです」

霊安室のストレッチャーに横たわる茉優の死に顔が、瞼の裏に浮かんだ。

嘲り見下す花蘭と星矢の顔が、瞼の裏に浮かんだ。

片時も、忘れたことはなかった——忘れられるわけがなかった。

「その理由、なんかヤバそうだから突っ込まないね。タイミングよく、到着したからさ」

七海が「風林会館」と書かれたビルに足を踏み入れた。

「ここの三階に『ブリリアンジュール』が入ってるの」

言いながらエレベータに入る七海に、乃愛は続いた。

扉が開くと、煌びやかなドレスの海が視界に飛び込んできた。

白の大理石貼りの床と白い壁に囲まれた空間は、宮殿風の造りだった。

「凄い……。お城みたい……」

乃愛は、思わず呟いた。

「ここは、キャストをお姫様にする場所よ。夜の姫だから、夜姫ね」

「夜姫――」

乃愛は、七海の言葉を繰り返した。

「そう、夜姫。だから、ウチのグループで一年に一回行われているコンテストは、通称で『夜姫杯』って呼ばれているの知ってるでしょ？　現在の夜姫は、四年連続で優勝している『メビウス』の花蘭よ。まあ、姫っていうよりは女王様って感じだけど。現に、夜の絶対女王って呼ばれてるし」

「私が夜姫になります！」

唐突に大声を出す乃愛に、ドレスを選んでいた女性達の視線が集まった。

「びっくりした……。なによ、急に？　あんたってさ、大人しいんだか攻撃的なんだか、キャラがよくわからないよ」

七海が左胸に手を当て、乃愛をみた。

「七海さん、今日は早いんだね」

白のスラッシャーのプリントTシャツとダメージジーンズを身につけた男性が声をかけてきた。

「桐谷店長から、体入ちゃんのヘアメイクと衣装選びに任命されちゃってさ」

「あ、新人さん？　はじめまして、吉瀬《きちせ》って言います」

男性——吉瀬が柔和に眼を細めつつ名刺を差し出してきた。吉瀬は韓流アイドルのような顔立ちをしていた。

株式会社　パーフェクトスキル　代表取締役　吉瀬　慎吾《しんご》

「はじめまして。中條乃愛です」

「吉瀬さんの会社は、『体入ドットコム』『LuLINE』、そして、ここ『ブリリアンジュール』を経営してるのよ。大学生みたいだけど、もう三十五になるんだよね？」

七海が、からかうように言った。

「褒められてるんだかなんだか、わからないな。ところで、乃愛ちゃんって本名？」

「はい」

「店では、本名でいくの？」

「どういう意味ですか？」

意味がわからず、乃愛は質問した。

「え？　源氏名って知らない？　キャストが店で使う名前で、芸能人で言えば芸名みたいなもんだよ」

「あ……そういうの、あるんですね」

乃愛のリアクションに、吉瀬が珍しい生き物をみるような眼を向けた。

「え、七海ちゃん、彼女、マジで言ってるの？」

「うん。恐ろしいほどキャバクラのことに無知かと思えば、ナンバー1宣言したり、変わった新人よ」

七海が肩を竦めた。

「彩夢ちゃんに続いて、『ナイトアンジュ』にまた、面白そうな新人が入ったんだね」

「本当よっ。もう、次から次へと若くて瑞々《みずみず》しい女の子が入ってくるから、三十路女には居心地が悪いったらないわ」

「まあ、熟女好きな客もいるから、気を落とさないで」

吉瀬が茶化した。

「まだ熟女じゃないから！」

七海が、頬を膨らませる。

「ごめんごめん。じゃあ、せっかくだから、僕が案内するよ。まずドレスだけど、販売用が約百着、レンタル用が五十着ほど用意してあって、お店のほうにも営業前と営業後に出張に行くんだ。撮影用ならレンタルでもいいけど、仕事用は三、四着は持ってたほうがいい」

「どれも素敵……。でも、高そうですね？」

乃愛は、宝石のように煌めくドレス達を眺めながら訊ねた。

「もちろん、値の張るものもあるけど、五千円とか一万円クラスのドレスも豊富だよ。ドレスに合わせた靴やアクセサリーもあるから。それから、こっちがスタジオになってて――」

吉瀬が、乃愛をフロアの奥へと促した。

「スタジオは五つの部屋に分かれてて、目的に応じた内装を選べるようになっているんだ。『基本プラン』はポージング自由のワンカットで八千円、ライティングに拘《こだわ》った修整と加工込みの『スペシャルレタッチプラン』は一万円。まだ、ほかにもいろいろ撮影メニューはあるけど、乃愛ちゃんは新人だからワンカットで十分だと思うよ」

スタジオはシンプルなものから派手なものまで、広さも様々だった。

「凄い設備でしょう？　ここはね、キャストやホストだけじゃなくて、芸能人なんかも撮影にくるのよ」

七海が、まるで自分の所有物のように誇らしげに言った。

「じゃあ、ヘアメイクスタジオに行こうか？」

吉瀬が、乃愛と七海をスタジオの端に案内した。

「ブリリアンジュール」に面した「Musk」というヘアメイクスタジオには、五人のキャストらしき女性が座っていた。

「まだ早いから空いているけど、八時半を過ぎると同伴を終えたキャスト達で混雑してくるよ。普通のヘアメイクだけなら千五百円で、十五分くらいで終わるからさ。じゃあ、七海ちゃん。あとはよろしく」

吉瀬が必要最低限のことをテンポよく説明すると、踵を返し「ブリリアンジュール」へと戻った。

「こちらへどうぞ」

小柄なヘアメイクの女性が乃愛を椅子に促した。乃愛より二、三歳上といった感じだった。

「どんな髪形にしますか？」

「どうしたら、いいですか？」

乃愛が傍らに立っている七海に訊ねる。

「乃愛ちゃんはハーフみたいに彫りが深いから額を出しても似合うけど、きつい印象になっちゃうと損だから前髪は作ったほうがいいわね。どう思います？」

七海が、ヘアメイクの女性に訊ねた。

「そうですね。新人さんなら、巻き髪のハーフアップとかのノーマルな感じがいいと思います。こんな感じです」

ヘアメイクの女性が、カタログを乃愛の前で開いた。

「はい。お願いします」


乃愛は、微かに緊張した鏡の中の自分をみつめた。

「とても素敵ですよ」

「ブリリアンジュール」のスタッフが、乃愛の背後から鏡を覗き込んだ。

鏡に映った女性をみて、乃愛は息を呑んだ。

淡いピンクのミニドレス、ゆる巻きにして前髪を作ったハーフアップ——鏡の中の乃愛は、別人のようだった。

「乃愛ちゃん、映えるね！」

ヘアメイクを終えた七海が弾む声で言った。

「自分でも信じられないです……」

放心状態で、乃愛は呟いた。

「店長が言っていたこと、本当かも」

「え？」

「もしかしたら、とんでもないルーキーが入ったかもしれないって。なんか、いまの乃愛ちゃんをみていたら、新人とは思えないオーラが出てるわ」

耳もとで、七海の驚きが伝わってきた。

「ありがとうございます。店長の、もしかしたら、を実現してみせます」

乃愛は、鏡越しに七海に誓った。

そして、自分にも——。

4

待機場所には、フロアの入口近くのソファ席が使われていた。

乃愛はスマートフォンのデジタル時計に視線を落とす。八時三十分——開店後三十分が経った。ソファには、乃愛以外に十人のキャストが待機していた。

「緊張してる？」

乃愛の隣に座る七海が訊ねてくる。

「ええ、少しだけ」

本当はかなり緊張していた。

「ブリリアンジュール」でヘアメイクを受けていたときは、早く店に出たくて気が逸《はや》っていた。

だが、いざフロアに足を踏み入れると、なにを喋ればいいのだろう？　お客さんを退屈させたらどうしよう？　怒らせたりしないだろうか、と不安ばかりが頭を過《よぎ》った。

「大丈夫よ。私も初日は緊張したけど、二、三回店に出たら慣れちゃったからさ」

七海が乃愛の肩に手を置き、緊張を解《ほぐ》そうとしてくれた。

「七海さんの初日って、昭和？」

眼の前に座る茶髪を盛り髪にしたキャストが、意地の悪い口調で言った。

「キラ、『ナイトアンジュ』一のお局《つぼね》さんに失礼だって」

キラの左隣の巨乳を強調した胸のざっくり開いたドレスのキャストが、手を叩き笑った。

明らかにふたりは、七海のことを馬鹿にしている。

乃愛の胸の中に、不快感が広がった。

「気にしないで」

七海が乃愛の耳もとで囁いた。体入の乃愛が、トラブルに巻き込まれないように気遣ってくれているのだろう。

「あなた、なんて名前？　私は未来《みく》」

キラの右隣の編み込みヘアのキャスト――未来が乃愛に訊ねてきた。

「乃愛です」

「本名？」

「はい」

「源氏名みたいな、いい名前だね」

「お母さん、キャバ嬢にするつもりだったんじゃね？」

未来に被せるように、キラが茶化してきた。

「やめなよ、新人さんを怖がらせるようなことを言うの」

未来がキラを窘《たしな》める。

「は？　指名も取れない人に説教されたくないんですけどー」

「ほんとほんと。給料泥棒の未来ちゃんに言われたくないよね〜」

キラが小馬鹿にしたように言うと、巨乳のキャストが続く。

「あの――」

乃愛が口を開きかけると、七海が肘で小突いてきた。

「相手にしちゃだめだって。ふたりは、札付きのキャストなんだから」

ふたたび、耳もとで囁く七海。

「誰が札付きなんだよ、おばちゃん！」

キラが七海に食ってかかった。

「七海さんはおばさんじゃありません。馬鹿にするのは、やめてください！」

自分でも、驚くほどの大声だった。

「なんだよ、体入のくせに偉そうに――」

「乃愛さーん、三番テーブル彩夢さんのヘルプに入ってください」

黒服が、乃愛を呼びに現れた。

「さあ、いよいよね。彩夢ちゃんの席は、連れも太客の可能性があるから場内を貰えるように頑張って」

七海が、乃愛の背中を叩いた。

「太客？」

聞き慣れない言葉に、乃愛は首を傾げた。

「もう、いいから、早く行って」

七海が呆れた顔で、乃愛に手を振った。

乃愛は腰を上げ、黒服に続いてフロアに出た。

彩夢は「ナイトアンジュ」のナンバー1キャストだ。まだ、彼女とは顔を合わせていなかった。

三番テーブルは、待機コーナーからすぐの席だった。

「彩夢さーん」

黒服が呼ぶと、ショートカットで華奢な女性——彩夢がグラスに名刺を置いて席を立った。

「余計なことをしないでね～」

彩夢が乃愛の前を横切りながら、歌うように言い残した。

猫のような切れ長の眼、男性の手のひらに収まりそうな小顔、シャープに尖った顎、白地に黄色の花柄のミニドレスから伸びた細く長い手足——彩夢は、ファッション誌から飛び出したようなバランスのいいスタイルをしていた。

「乃愛さんでーす」

黒服が、彩夢の指名客に乃愛を紹介した。

「乃愛です、よろしくお願いします」

黒いドルチェ&ガッバーナのTシャツと白いハーフパンツを身につけた色黒でガタイのいい客の隣に、乃愛は座った。青革ベルトのフランク・ミュラーの腕時計、クロムハーツのブレスレットにペンダント、ジミーチュウのスタッズシューズ——歳の頃は三十前後で、少なくともサラリーマンにはみえない。

連れの男ふたりも、赤とスカイブルーのハーフパンツ姿で色黒茶髪だった。

——歌舞伎町は、輩《やからけい》系の客が多いから気をつけて。

——輩系ってなんですか？

——闇金融やらオレオレ詐欺やら、アンダーグラウンドな仕事をしてる半グレのことだよ。

桐谷との会話が、脳裏に蘇った。

「お名前、訊いてもいいですか？」

グラスに氷と水を入れながら、乃愛は訊ねた。

「なに、そんなもん飲んでるんだよ？」

男が乃愛のグラスを奪い、キープしていたジャックダニエルのボトルを鷲摑みにして琥珀色の液体を注いだ。

「あ、私、お酒は――」

「なに言ってんだ、キャバ嬢だろ!? 駆けつけ三杯だ。早く飲め」

男はウイスキーで満たしたグラスを、乃愛に無理やり握らせた。

「本当に飲めないんです」

下戸というわけではなかったが、カクテル一杯で顔が赤らむほど酒には弱い。

「太客の俺が飲めって言ってんだから、ごちゃごちゃ言わねえで飲めよ！」

眼を瞑り、恐る恐るグラスを傾ける。喉を焼き尽くすような刺激に、乃愛は激しく噎《む》せ返った。熱い感覚が、食道から内臓へと広がった。

「一口飲んだだけで大袈裟な女だな。そんなんじゃ、キャバ嬢なんか務まらねえぞ」

男が腹を抱えて笑う。連れの二人も乃愛を指差し大笑いした。

羞恥と酒で潤む瞳に、男三人とキャスト達が大笑いしている姿が映った。

「もういい、もういい、許してやるよ。イチゴオレでも飲んでろや」

男が乃愛からグラスを取り上げ小馬鹿にしたように言うと、ふたたび席が大笑いの渦に包まれた。

乃愛は無言で男の手からグラスを奪い返し、琥珀色の液体を一気に流し込んだ。

内臓が焼けただれるような苦痛に、視界が赤く染まった。背中が波打ち、胃液が逆流した。

「うわっ、汚《きたね》えっ！」

「お客様っ、どうなさいました!?」

男が立ち上がると、血相を変えた黒服が飛んできた。

「この女、俺の足にゲロかけやがった！　冗談じゃねえぞっ、こら！」

ハーフパンツのシミを指差しながら、男が怒声を上げた。

「大変、申し訳ございませんっ」

黒服が詫びつつ、男のハーフパンツにおしぼりを当てる。

「申し訳ございませんじゃ、済まねえだろう！」

「ほら、乃愛さんも謝ってっ」

黒服に促された乃愛は、吐瀉物が迸《ほとばし》らないように口を押えるのが精一杯だった。

「盛田《もりた》さんっ、大丈夫ですか!?」

彩夢が、険しい表情で駆け寄ってきた。

「この女、いきなりゲロりやがったんだ！　しかも、謝りもしねえでよっ」

男――盛田が、眼を吊り上げ乃愛を指差す。

「私の大事なお客さんに、あんた、マジでなにやってんの？」

彩夢が、口を押えて屈み込む乃愛を冷たい眼で見下ろす。

「とりあえず、謝んなよっ」

彩夢に腕を摑まれ、乃愛は立ち上がらされた。急に動いたことで胃袋が収縮し、ふたたび胃液が逆流する。

激しく波打つ背中――乃愛は盛田と彩夢に頭を下げ、口を押さえたままトイレに駆け込んだ。

洗面台に両手をついた乃愛は、勢いよく嘔吐する。二度、三度と嘔吐を繰り返し、ようやく胃の収縮がおさまった。

うがいをし、手のひらで掬《すく》った水で口もとを洗った。顔を上げた乃愛は、鏡を見た。

鏡の中には、涙に潤む瞳で乃愛をみつめる女性がいた。

――さあ、帰りましょう。やっぱり、あなたには無理だったのよ。

女性が、諭すように言った。

――私は、あなたとは違う。

乃愛は、鏡の中の女性にきっぱり言うとトイレを出た。

5

「本当に、帰らなくても大丈夫なの？」

待機ソファに戻ってきた乃愛に、七海が心配そうに訊ねてきた。

「はい、ご心配かけて、すみませんでした」

乃愛は七海の横に座る。薬が効いたのか、胃の調子はかなりよくなっていた。

「お酒を二口、三口でゲロるなんて、ありえなくね？」

キラが、嘲るように言った。

「しかも、ナンバー1キャストの客にゲロかけるなんて、もしかして確信犯って感じ？」

すかさず、巨乳のキャスト——エマが茶化してきた。

乃愛は唇を噛んだ。

悔しかった。

キラやエマに、馬鹿にされたからではない。自分にたいしての怒り、情けなさ。せっかくのチャンスを、潰してしまった。

「仕方ないでしょう？　お酒が苦手な子だっているんだから。それに、乃愛ちゃんはまだ二十歳だから、お酒に慣れていないんだよ」

七海が庇《かば》ってくれればくれるほど、乃愛は情けない気持ちで一杯になった。

「また、お局がしゃしゃり出てきたよ」

キラが小馬鹿にしたような顔を七海に向けた。

「あなたね――」

「乃愛さん、六番テーブル行けそう？」

気色ばむ七海を遮るように現れた黒服が、乃愛に訊ねた。

「行けます！」

乃愛は即答した。

汚名返上のチャンスを、逃すわけにはいかない。

「また、客の身体にゲロしないでよ」

「『ナイトアンジュ』はゲロ臭いって噂になったら困るからさ」

キラとエマの嫌味と嘲笑をやり過ごし、乃愛は席を立った。

「大丈夫なの？」

心配そうに声をかけてくる七海に笑顔で頷き、乃愛は黒服に続いた。

「乃愛さんでーす」

黒服に促されソファに腰を下ろした乃愛は、対面の客に付いているキャストを見て息を呑んだ。

「具合は平気？」

さっきとは別人のような優しい笑顔を、彩夢が向けてきた。

「あっ……すみませんでした。もう、大丈夫です」

「この子、どうかしたの？」

彩夢が付いている、仕立てのいいスカイブルーのスーツを着たエリートビジネスマン風の客が訊ねた。

年齢的には三番テーブルの客と変わらなかったが、六番テーブルの客は品があり紳士的な雰囲気を漂わせていた。

「お客さんに無理やり強いお酒を飲まされてしまって……。乃愛ちゃんは飲めない子だから吐いてしまって」

彩夢が同情の色が浮かぶ瞳で、乃愛をみつめた。

乃愛は耳を疑った。目の前の女性は、彩夢の双子の姉妹かと思うほどに印象が違う。

「乃愛ちゃんは体験入店でキャリアがないから、断れずに飲んでしまったの。よかったら、これ飲んで。二日酔いに、よく効くから」

彩夢が腰を浮かし、ウコンの粉末を一袋手渡してきた。

「ありがとうございます……」

乃愛は狐に摘まれた気分で受け取る。

「彩夢ちゃんって、優しいんだね」

スカイブルーのスーツの客が感心したように言った。

「本当だね。こういう仕事の女の子達って、もっとギスギスしてるかと思ったよ」

乃愛が付いたダークグレイのスリーピースを纏《まと》った客が、眼を細め彩夢をみつめる。

彩夢が客のタイプに合わせて接客態度を変えていることに、乃愛はようやく気づいた。

自分の指名客はもちろん、乃愛が席に着いて僅か一、二分でほかの客の心を摑んだ。これがナンバー1の実力なのか？

「キャバ嬢同士のドロドロとした戦い？ ドラマの観過ぎでしょう？ 実際のキャバクラは、少なくともウチの店は女の子同士仲いいわよ。まあ、たまにドラマの敵役《かたきやく》みたいな女の子もいるけど、ほんの一部よ」

彩夢は言うと、隣のボックスソファに座る黒のロングヘアのキャストにちらりと視線をやる。釣られるように、ふたりの客も隣のボックスソファに眼をやった。

「もしかして、あの髪の長い子がそのほんの一部？」

スカイブルーのスーツの客が、好奇の色が宿る瞳を彩夢に向けた。

「え？ 杏里《あんり》ちゃんのこと？ 彼女はいい子よ。彼氏にも尽くすタイプだし」

赤ワインのグラスを傾けながら、彩夢がさりげなく言う。

杏里——たしか、ナンバー2のキャストだと桐谷から聞いた。

「あの子、彼氏いるの？」

スリーピースの客が、杏里に視線を向けたまま彩夢に訊ねる。

「え!?　ああ……いないよ」

動揺した口調で否定すると、彩夢は電子煙草をくわえた。

「えっ、でもいま、彼氏に尽くすタイプって言わなかった？」

スカイブルーのスーツの客も食いつく。

「あ、ああ……そ、それは元彼のことよ」

彩夢が、しどろもどろになった。

演技——乃愛の直感が、そう告げた。

たとえ元の彼氏の話でも、彩夢は誤って口を滑らせるような鈍い女ではないだろう。自分のあとを追うナンバー2のキャストのマイナスになるような話を、さりげない会話の中に織り込んでいるのだ。

「それより、乃愛ちゃんに飲み物頂いていい？」

彩夢がスリーピースの客に訊ねた。

「もちろん。なににする？」

「ソフトドリンクにしたほうがいいわよ。この店、ストロベリースムージーが美味しいよ」

彩夢が人懐っこい笑顔を向けてきた。

「じゃあ、それを頂きます。あの、お名前訊いてもいいですか？」

彩夢が黒服に注文を告げている間に、乃愛はスリーピースの客に訊ねた。

「中井《なかい》だよ」

答えながら、中井が白ワインのグラスを傾けた。

「中井さんは、お仕事はなにをなさっているんですか？」

「インターネットショッピングのサイトを運営してるんだよ。ねえ、LINE交換しようよ」

「あ、はい……」

乃愛はスマートフォンをポーチから取り出す。

「中井さんは本指がいるから、連絡先交換はNGよ。店長に聞かなかった？」

すかさず、彩夢が乃愛に言った。

「あ、すみません」

「いいのよ。体入なんだから、間違っても仕方ないわよ」

彩夢が、柔和に眼を細めた。

もしかしたら、三番テーブルのときの意地悪な彩夢がいつもとは違う彼女で、いまの優しい彼女が本来の姿なのかもしれない――そんなふうに錯覚しそうになる自分がいた。

「この世界も、厳しいんだね」

中井が肩を竦め、煙草をくわえる。

乃愛がポーチに手を伸ばしたときには既に、前屈みになった彩夢がライターを差し出していた。V字に切れ込んだ胸もとから、形のいい豊かな乳房が零れ落ちそうだ。

中井の視線が、彩夢の胸もとに釘づけになった。

無理もない。前屈みになると普通に座っているときの倍は胸が強調されるのだから。

乃愛より先にライターを出したのも、彩夢のシナリオの一つなのかもしれない。

席に着いてまだ十分も経っていないが、自分の指名客だけでなく、他人の客をも虜にしようとする彩夢の周到に計算された言動に、乃愛は圧倒されていた。


――「ナイトアンジュ」のナンバー1になるには、彩夢を抜かなければならない。彼女は花蘭の後継者と言われる期待の新人だ。

――君と同じ二十歳で、入店一ヶ月目からナンバー1になった逸材だ。今月で半年だが、入店以来、ずっとナンバー1の座を守っている。彩夢を抜くのは、並大抵のことじゃない。

面接時の桐谷の言葉が、乃愛の鼓膜に蘇る。

「メビウス」の花蘭のことばかり意識していたが、実際に接客してみるといかに自分が甘い考えだったかを思い知らされた。いまの自分では花蘭どころか、彩夢にさえ遠く及ばない。

「いただきます」

乃愛は運ばれてきたストロベリースムージーのグラスを、中井、スカイブルーのスーツの客、彩夢のグラスに順番に触れ合わせた。

「乃愛ちゃんはさ、前はほかのキャバクラにいたの？」

中井が訊ねてきた。

「いいえ、今日が初めてです」

「え!?　マジで？　いままで、なにやってたの？」

スカイブルーのスーツの客が、好奇に瞳を輝かせた。

「久慈《くじ》さんって、初物好きだもんね〜。私のことも入店三日目に本指名入れてきたしさ。乃愛ちゃんに乗り換えたら、許さないから」

彩夢が頬を膨らませ、スカイブルーのスーツの客――久慈の腕を肘で小突いた。

初心を装うカマトトとは違う。媚びているのとも違う。彩夢の表情は同性の乃愛からみても嫌味がなく、魅力的だった。

「おいおい、初物好きなんて、エロおやじみたいじゃないか？　俺は彩夢ちゃん一筋だって」

「わかった。信じてあげよう。で、なんだっけ？　ああ、そうだ。乃愛ちゃんって、いままでなにをやってたの？」

彩夢が久慈にわざと作った厳しい表情で頷き、思い出したように乃愛に訊ねてくる。

もちろん、忘れていたわけではない。さりげなく、反感を買わないように久慈と乃愛の会話を潰したのだ。

「アパレル関係の仕事です。渋谷のファストファッションの店で働いてました」

「ああ、納得。夜の匂いがしないと思ったんだ。いい意味でね」

中井が微笑み、白ワインのグラスを傾けた。

「同じので、いいですか？」

彩夢が中井に訊ねる。

グラスには、まだ少しワインが残っていた。

「ああ、頼むよ」

「すみませーん、白ワインを。乃愛ちゃん、お客様の飲み物はいつも気をつけていてね。喉がカラカラになって死んじゃうと大変だから」

黒服に注文した彩夢は、ジョーク混じりに乃愛にダメ出しした。

――客のグラスが空いたら、すぐに飲み物の注文を訊くんだ。ドリンクが入れば入るほど、売り上げに繋がるからな。売れっ子のキャストは、みな、ドリンクの勧めかたがうまい子ばかりだ。

桐谷の言葉は覚えていたが、グラスにワインが残っていたので躊躇したのだ。

「じゃあさ、私は夜の匂いがプンプンしてるって言いたいの？」

彩夢は、視線を中井に移して軽く睨みつけた。

もちろん、本気ではない。これも、客の心を摑む営業術の一つなのだろう。

「最初の頃はそうでもなかったけど、いまは、すっかり夜の女王って感じだよ」

中井が、茶化すように言った。

「なにそれ？　でも、いいかも。キャバ嬢やってて、夜の女王は最高の褒め言葉よ」

鼻梁に縦皺を刻み、彩夢がコケティッシュに笑った。

彩夢は表情がくるくる変わり、みる者の心を捉えて放さない。

夜の女王――。

――絶対女王の「メビウス」の花蘭に挑んで敗れたキャストは、星の数ほどいる。

彩夢の言葉が、桐谷の言葉を蘇らせた。

「彩夢ちゃんはナンバー1だから、既に夜の女王でしょ？」

久慈が言うと、彩夢が顔の前で手を振った。

「私なんて、まだまだだよ。ナンバー1っていっても、『ナイトアンジュ』での話だし。そういうの、井の中のなんとかって言うんだよね」

「『井の中の蛙』だろ？」

中井が笑いながら、言った。

「そうそう、それ！　ウチの系列店には、不動のナンバー1がいるからさ」

「不動のナンバー1って、もしかして、『メビウス』の花蘭って子？」

久慈がすかさず答えた。

「よく知ってるね。浮気しないでよ～」

彩夢が疑わしそうに細めた眼で、久慈を凝視した。

「違う違う。この前、深夜のバラエティ番組を観てたら、たまたまカリスマキャバ嬢特集っていうのをやっててさ、その番組に花蘭って子が出てたんだよ」

言い訳がましく、久慈が否定する。

甘いはずのストロベリースムージーの味がまったくしない。乃愛の聴覚は、彩夢と久慈の会話に集中していた。

「その花蘭ちゃんって、そんなに凄いの？」

興味津々の表情で、中井が彩夢に訊ねた。

「ウチの系列五店舗のキャストで一年に一回売り上げコンテストをやるんだけど、花蘭さんは四年連続一位なんです。だから、夜の絶対女王って呼ばれてるの」

「相当、いい女なんだろうな」

中井が、独り言のように呟いた。

「ああ、凄くいい女だったよ。オーラっていうのかな、キャバ嬢っていうより、モデルみたいな感じだったな」

久慈の声が、鼓膜から遠のいた。

――秋なのに夏物のワンピース、羽織ったカーディガンの生地と色もミスマッチ、メイクもチークが濃過ぎてリンゴほっぺになってるし、ルージュも歯についてるし、イモ臭いあなたをみてれば、妹も垢抜けてないことくらいわかるわ。

——私のことは馬鹿にしてもいいですけど、妹への侮辱は許せません！

——星矢みたいな一流の男とつき合うのは、私みたいな一流の女じゃなければ釣り合いが取れないってことを妹に教えてあげて。

花蘭とのやり取りが乃愛の記憶で鮮明に再生される。

乃愛は口に含んでいるストローをきつく嚙む。

「ちょっと、久慈さん！」

彩夢の声で、乃愛は我に返った。

「も、もちろん、彩夢ちゃんには敵わないけどさ」

取り繕うように、久慈が言った。

「全然、説得力ないんですけど？　まあ、いいわ。みてて。来年の『夜姫杯』は、初めて私が参加するの。花蘭さんの伝説は、私が受け継ぐわ」

激しい衝撃音——ストロベリースムージーのグラスの底が、テーブルを叩く音だった。

「びっくりするじゃない!?　どうしたの？　そんなに怖い顔して」

彩夢が切れ長の眼を見開いた。久慈と中井も怪訝な顔を乃愛に向けていた。

「あ、いえ……。すみません」

声がうわずらぬように、表情が強張らぬように気をつけた。

花蘭の伝説を終わらせるのは、あなたではなく私よ――。

胸懐《きょうかい》の強き思いを、口には出さなかった。

「あ、そうだ！　お祝いにシャンパンを入れようよ」

唐突に、彩夢が切り出す。

「お祝いって、なんの？」

久慈が訝しげに訊ねた。

「乃愛ちゃんの正式入店の前祝よ」

「正式入店の前祝って、普通にやるものなの？」

中井も明らかに難色を示していた。

「普通かどうかは知らないけど、私は祝ってあげたいの。乃愛ちゃんのこと好きだし、『ナイトアンジュ』に入ってほしいの。ねえ、いいでしょ？」

彩夢が甘えた声を出して、久慈と中井の顔を交互にみた。

「シャンパンって、なにを入れたいの？」

「お祝いっていったら、ドンペリって感じだよね？」

彩夢が悪戯っぽく言う。

「――じゃあ、白を入れるよ」

メニューをみていた久慈が、強張った笑顔を向けた。

白が八万円、ロゼが十八万円――あまりの高さに、乃愛はメニューを二度見した。

今日が乃愛の誕生日なら、まだわかるかもしれない。だが、もちろんそうではないし、乃愛は久慈や中井に指名されたわけでもない。

「ロゼがいいな。ねえ、乃愛ちゃんもロゼがいいでしょ？」

「あ、いえ、私は大丈夫です。シャンパンとか苦手ですし……」

「泡物が苦手なんて、乃愛ちゃんっていい子だね！」

久慈が、嬉しそうに言う。

泡物が苦手だとなぜいい子なのか、乃愛にはわからない。

「こういうのはお祝い事だからさ、好きとか苦手じゃないのよ」

彩夢が、諭しながら微笑んだ。

「私の入店の前祝なんて……。申し訳ないです」

「本当に、いい子だな！　なんか、歌舞伎町のキャバにはいない天然記念物だよ」

中井の声が弾んでいた。

いい子ぶっているつもりではなく、本音だった。

「乃愛ちゃん、お祝いっていうのは気持ちなの。だから、素直に受けなきゃ。これは私からの気持ちだからさ」

彩夢が片目を瞑った。

「ありがとうございます。じゃあ、モエシャンってシャンパンの白をお願いします」

乃愛はシャンパンの中で一番安い銘柄を口にした。

「乃愛ちゃんには、モエシャンなんて似合わないわよ。やっぱり、かわいくて華やかなドンペリのロゼじゃないとね」

「乃愛ちゃんが、好きなほうにさせてあげれば？」

久慈の発言に、彩夢の顔色が変わる。

「久慈さん、私は――」

「乃愛ちゃん、どうする？」

彩夢を遮るように、中井が乃愛に訊ねた。

「モエシャンの白をお願いします」

弾かれたように、彩夢が乃愛に顔を向けた。

「すみませーん、モエシャンの白をお願いしまーす」

一転した笑顔で、彩夢が黒服に告げた。

☆

「ありがとうございました。お気をつけて、お帰りくださいませ」

乃愛は彩夢の背後に立ち、久慈と中井を見送った。

ふたりの背中が消えるのを見計らい、乃愛はトイレに入る。

洗面台に手をついた乃愛は、大きなため息を吐く。二組の客に付いただけで、どっと疲れが出た。知らず知らずのうちに、神経をすり減らしていたようだ。鏡の中の自分は、僅か一時間足らずで眼の下に隈ができ憔悴した顔になっていた。

中井に気に入られ、場内指名をして貰ったが、喜びはなかった。接客がこんなにも疲弊するものとは思わなかった。

毎日、何組も接客しながら売り上げを伸ばす——自分に、できるだろうか？

彩夢も、花蘭もそうやってナンバー1の座を射止めてきたのだ。とくに花蘭は四年もそういう思いをし続けているのだ。

それとも長く続けているうちに、なにも感じなくなるのだろうか？　罪の意識も、緊張感も——すべてが麻痺してしまうのだろうか？　夜の世界で頂点を極めるということは、自分らしさを失うことなのか？

「あんた、なにやってんの!?」

鏡の中——乃愛の背後に、鬼の形相の彩夢が映っていた。

「お疲れ様です」

乃愛は振り返り、言った。

「お疲れ様じゃないわよっ。それ、惚けてるの⁉　それとも私を馬鹿にしてるの⁉」

彩夢が凄い剣幕で詰め寄ってきた。

「私、惚けても馬鹿にもしてません」

嘘ではない。乃愛には、なぜ彩夢がこんなに怒っているのか、わからなかった。

「シャンパンよ、シャンパン！　せっかくドンペリのロゼを勧めたのに、なんでさ、モエシャンなんかにするの⁉　ありえないでしょ⁉」

「モエシャンが五万で安かったからです。ドンペリのロゼだと、十八万もしましたから」

「馬鹿じゃないのっ。だから、ロゼを勧めたんでしょう⁉　モエシャンなんかじゃ、売り上げにならないじゃない！　それも白なんて、クズボトルをさ！」

彩夢が激しい口調で食ってかかってくる。

「でも私のお客様でもありませんし、そんな高価なシャンパンを……」

「勘違いしないで！　あんたのためじゃなくて、私のためなんだから！」

「えっ……」

「知らないんだったら教えてあげるけど、あのテーブルの売り上げは全部、本指名の私につくんだからね！」

彩夢の怒声の意味を、乃愛はようやく理解できた。なぜ、彼女がこれほどまでに感情的になっているのかが。

「いい？　場内指名やヘルプは、本指名のキャストの売り上げを伸ばすことだけを考えてればいいの。値段が高いとか客が大変とか、そんな余計なことは考えなくていいのっ。だいたいね、キャバクラにくる客なんて、私達とどうやったらヤレるかしか頭にないんだから、いくらお金を使わせても悪いなんて思う必要はないの。搾り取れるだけ搾り取って、金がなくなったらポイ捨てすればいいのよっ。あいつらの代わりなんて、いくらでもいるんだからさ」

乃愛は眼と耳を疑った。

客の前での彩夢とは、まったくの別人だった。中井や久慈が見たら、どう思うだろうか？

「気が利かなかったことは、すみませんでした。でも、お客様のことをそんなふうに言うのは、よくないと思います」

乃愛は彩夢の瞳を見据える。

「あんたさ、それ、マジで言ってんの？　そんな甘いことを言えるのも、客にひどい目にあわされたことがないからよ。アフター狙いで閉店間際にきてさ、安い焼酎をストレートで一気飲みさせて潰そうとしたり、睡眠薬入れてくる奴がいたり。あいつらはさ、ウチらのことを風俗嬢と勘違いしてるんだ。こっちもあいつらに同情なんてしなくていいんだよ」

「お客様がそうだからって、私達がなにをしてもいいってことにはならないと思います」

乃愛は怯《ひる》まず、視線を逸らさなかった。

「は？　なんだって!?」

「私達のお給料はお客様が使ってくれるお金――」

彩夢の平手が、乃愛の頬を張った。

「体入のくせにさ、偉そうなこと言ってんじゃないわよ！　あんたみたいな綺麗事ばかり言ってる世間知らずの女、マジでムカつくんだよねっ。キャバ嬢なんて、客にいくら金を落とさせるかがすべてなのよ！　間違っても、ウチの店に入ってくるんじゃないよっ。まあ、万が一、『ナイトアンジュ』に入ってきたら、やめるまで私がイビり倒してあげるけどね」

鼻を鳴らし、彩夢がトイレの出口に向かった。

「決めているんです！　私、『ナイトアンジュ』のキャストになるって」

乃愛の言葉に、彩夢の足が止まる。

「いい度胸してるじゃん。なら、私のヘルプとしてこき使ってあげるから」

振り返った彩夢が、意地の悪い笑みを浮かべた。

「私の邪魔は……誰にもさせません」

押し殺した声で言うと、乃愛は彩夢を睨みつけた。

あなたを、通過点にしてみせる――。

乃愛は、心の中で誓った。

第二章

1

「乃愛です。指名してくださり、ありがとうございます」

今日、三組目の指名客――五番テーブルに移動した乃愛は頭を下げてから、席に着く。

「噂通りだな」

濃紺のスリーピースを着込んだ三十代と思しき男性が、乃愛が座るなり、笑った。

サイドを短く刈り込んだ髪、浅黒い肌、スーツ越しでもわかる筋肉質の身体――男性はスポーツ選手のようにみえる。

「え？　なにがですか？」

乃愛はグラスに氷とミネラルウォーターを入れつつ、訊ねた。

「『ナイトアンジュ』に面白い新人が入ったって、友達が言ってたからさ」

「お友達も、この店のお客様なんですか？」

「ああ、中井って奴だけど、知ってるだろ？」

「はい、もちろんです！」

中井は半月前に乃愛が体験入店した日に彩夢の指名客の久慈ときて、乃愛がヘルプで付いた客だ。中井はその日のうちに場内指名を入れてくれ、正式に「ナイトアンジュ」に入店してからは本指名してくれた。

「でも、私のなにが面白いんですか？」

「彩夢がさ、君の入店の前祝にドンペリのロゼを入れようとしたら、モエシャンの白にしようって言ったんだろ？　高いシャンパンを入れてくれる客に、安いシャンパンを勧めるキャバ嬢なんていないから」

その件で、半月前、激怒した彩夢にトイレで平手打ちをされたのだ。いまも彩夢の怒りはおさまっておらず、一言も口を利いてくれない。

「なんだか、申し訳ないです。あの、まだ正式な名刺ができていないので手書きで失礼します」

乃愛はボールペンで名前を書いた名刺を渡した。

「お客さんのお名前、伺ってもいいですか？」

「北山《きたやま》だよ。なんでもいいから、飲み物を頼みなよ」

「ありがとうございます。すみませーん」

乃愛は黒服を呼び、ストロベリースムージーを注文した。

「お酒、飲めないんだ？」

「すみません。体験入店のときに二、三口飲んだだけで吐いてしまって……」

「謝ることないよ。俺は別に構わないよ。ヤリモクじゃないからさ」

「ヤリモク？」

乃愛は首を傾げた。

「ああ、エッチすることだけが目的でくる客のことだよ。やる目的の略ね」

あっけらかんとした口調で、北山が言った。

――だいたいね、キャバクラにくる客なんて、私達とどうやったらヤレるかしか頭にないんだから、いくらお金を使わせても悪いなんて思う必要はないの。搾り取れるだけ搾り取って、金がなくなったらポイ捨てすればいいのよっ。あいつらの代わりなんて、いくらでもいるんだからさ。

吐き捨てるような彩夢の声が、乃愛の脳裏に蘇る。

幸いなことに、乃愛はまだそういう客の席に着いたことはなかった。

「乾杯」

北山が、白ワインのグラスを掲げた。

「いただきます」

乃愛は、ストロベリースムージーのグラスをそっと触れ合わせた。

「北山さんは、どんなお仕事をなさってるか訊いてもいいですか？」

「なにをやっているようにみえる？」

「陽灼けされていて体格がいいから、スポーツ関係のお仕事ですか？」

「残念、普通のサラリーマンだよ」

「え？　意外です」

「なぜ？　ＡＶ男優とかのほうが似合ってる？」

北山が悪戯っぽい顔を乃愛に向けた。

「えっ、いえっ……そんなこと！」

「嘘、嘘、冗談だよ」

北山が、愉快そうに笑った。

「変わることより、変わらないことのほうが百倍難しい」

真顔になった北山はワイングラスを傾け、唐突に言った。

「え？」

意味がわからず、乃愛は首を傾げた。

「俺が小さい頃、親父が口癖のように言っていた言葉だよ。子供の頃はちんぷんかんぷんだったけど、大人になったら親父がなにを言いたかったかわかったよ。君も、ずっといまのままの感じでいるのは無理だろうな。でも、乃愛ちゃんにはさ、売り上げのために客に高いボトルを入れさせるような、ガツガツしたキャストにはなってほしくないな」

しみじみとした口調で言うと、北山が乃愛をみつめてきた。

「私は、そんなふうにはならないと思います」

遠慮がちに、しかし、きっぱりと乃愛は言った。

「売り上げに、興味ないのか？」

「いえ、そんなことはないです」

「だったら、お金を使ってほしいと思うものだろう？」

「お客さんに無理させてまで、売り上げを伸ばしたいとは思いません」

――キャバクラで働く以上、ナンバー1になりたいんです。だから、昼間の仕事は辞めました。

面接のときに、自分が店長の桐谷に言った言葉を思い出した。

だが、三年間一度もナンバー1の座を譲ったことのない夜の絶対女王を倒すには、相当な売り上げが必要なことは乃愛にもわかる。

――花蘭の売り上げは最低でも、常に月に一千万ある。

桐谷から一千万円という額を聞いても、乃愛にはピンとこなかった。

だが、月に一千万円売り上げるには週に五日の出勤で日に五十万円必要だと知った瞬間、並大抵では達成できない数字だということを悟った。

「そういうキャストは貴重だよ。彩夢みたいなキャストは人気だし、輝いているとは思うけど、人間的にはちょっとね」

北山が、唇をへの字に曲げて肩を竦めた。

「それより……、いいね」

不意に、北山が笑った。

「どうしたんですか？　急に」

乃愛は、不安げな声で訊ねた。

「いやいや、ごめん。イントネーションだよ」

「イントネーション？」

「うん。田舎はどこ？」

「あっ、そういうことですね。熊本です。方言、出てませんよね？」

「方言は出てないけど、微妙に訛《なま》ってるのさ。でも、そこがいいんだ。純朴そうな感じがして、男ってそういうのに弱いんだ」

「それって、褒められてますか？」

馬鹿にされているような気がして、乃愛はふたたび訊ねた。

「ああ、もちろんさ。できれば、その訛りは残しておいたほうがいいな」

「そんなこと言われても、わざとではないので……」

「乃愛さーん」

ラッキーの山路が、目顔で合図を送ってきた。

「すみません。ちょっと、行ってきます」

「マーキングを忘れてるよ」

立ち上がった乃愛に、北山が笑顔で言った。

「マーキング？」

乃愛は疑問符を浮かべた顔で訊き返した。

「ここが本指名のキャストの席だってほかのキャストにわかるように、グラスに名刺を置かなきゃ」

言いながら北山が、乃愛の名刺をグラスに置いた。

「あ、そうでした……。すみません！　いま、新しい名刺を――」

乃愛の手から、名刺ケースが滑り落ちた。床に白紙の名刺が散乱する。

乃愛は床に四つん這いになり、慌てて名刺を拾い集めた。

「おっちょこちょいだな。ドレスが汚れるぞ」

微笑みながら北山が乃愛の手を取って立ち上がらせ、代わりに膝をつき残りの名刺を拾った。

「あ、社長、申し訳ありません！　ほらっ、あとはやっておくから次のテーブルに行きなさいっ」

血相を変えて飛んできた主任の小宮《こみや》が北山にへこへこと頭を下げ、乃愛に命じた。

小宮の態度から察して、北山がＶＩＰ客だろうことが窺えた。社長と呼ばれていたが、どういった仕事をしているのだろうか？

「私もやります」

「馬鹿っ、お客様を待たせるんじゃない！」

ふたたび四つん這いになろうとした乃愛を、小宮が叱責する。

「キャストに馬鹿なんて言ったらだめだ」

北山が小宮を窘めた。

「でも、北山社長に名刺を拾わせるなんて……」

「乃愛ちゃんが馬鹿なら、その馬鹿を指名している俺も馬鹿だってことになるけど？」

「あっ、いえ、私はそんなつもりでは……」

悪戯っぽい顔を向ける北山に、小宮が慌てふためいた。

その姿が滑稽で、思わず乃愛は噴き出してしまった。

睨みつける小宮に頭を下げ、乃愛は五番テーブルを離れた。

「十一番テーブル、四組目の本指入ったから。靴のセンスで金回りのよさがわかる。物腰や口調から半グレや詐欺系じゃない。しっかり捕まえて」

通路で待ち構えていた山路が、乃愛を次のテーブルに誘いながら早口に言った。

ラッキーを任されているだけあり、山路は頭の回転が速く洞察力に秀でていた。

十一番テーブルは、フロアの最奥にあった。

一番、五番、十一番、十八番と、乃愛の指名客のテーブルは互いが死角の位置に入るように配慮されていた。ほかのテーブルに着いたキャストに嫉妬し、怒り出す客も珍しくないという。

客席にワインのボトルを運ぶ黒服の迫田《さこた》が、擦れ違い様に笑顔で頭を下げてきた。

百九十センチはありそうな迫田は大学時代にラグビーをやっていたらしく、プロレスラー顔負けの巨漢だった。「ナイトアンジュ」の用心棒的存在らしいが、気は優しくて力持ちを絵に描いたようなにこやかな男で、キャストからの人気も高い。

「乃愛さんでーす」

山路が十一番テーブルの客に乃愛を紹介し、頭を下げるとフロアへ戻った。

「君が噂の新人か？」

ポロシャツに生地のよさそうなグレイのジャケットを羽織った四十代と思しき客が、にこやかな表情で乃愛に着席を促す。

「乃愛です。指名してくださり、ありがとうございます」

乃愛は頭を下げ、腰を下ろした。

「お名前を、お伺いしてもよろしいですか？」

手書きの名刺を渡しつつ、乃愛は訊ねる。

「倉田《くらた》だよ。歌舞伎町にある『こぶし寿司』って知ってるかな？」

「はい、先週食べに行きました」

「僕は、『こぶし寿司』グループのオーナーなんだよ」

「えー！　そうなんですか!?　『こぶし寿司』って、あちこちにありますよね！　オーナーさんなんて、すごーい！」

対面の席にいたキラが、黄色い声で割って入ってきた。

「まだ若いのに、あんな有名店の社長さんだなんて憧れちゃう！」

キラの隣のエマも、負けじと高く艶のある声でアピールしてくる。

彼女達は、倉田の連れの三十手前の男性ふたりにそれぞれ付いていた。恐縮した様子から、ふたりが倉田の部下だろうことが窺えた。

そして、キラとエマの意識と興味が自分達の客よりも倉田に向いているだろうことも。

この半月でわかったことは、ほとんどのキャスト達は人の客であろうとも虎視眈々と指名替えを狙っているということだ。

「そんな立派なもんじゃないさ。僕なんか、ただの寿司屋のおやじだよ。乃愛ちゃん、なにか飲めば？」

謙遜しながら、倉田が乃愛に言った。

「ありがとうございます。じゃあ、ストロベリースムージーを頂きます」

「お酒、飲めないの？」

「下戸ではないのですが、でも、かぎりなく下戸に近いです」

「そっかそっか。じゃあ、無理しないでいいから」

「あれ？　乃愛ちゃん、体入のときに、お酒飲んでなかったっけ？　この席だと、どうして飲まないの？」

素知らぬ顔で、キラが訊ねてきた。

「その日、凄く吐いてしまったの覚えてますよね？」

やんわりと、乃愛は言った。

キラが倉田の前で、自分を貶《おとし》めようとしているのはわかっていた。体験入店のときに馬鹿にされていた七海を庇って以来、キラとエマは乃愛を目の敵にしていた。

「そうだったっけ？」

キラがエマに顔を向けた。

「えー、ウイスキーをロックで飲んでなかったっけ？」

エマがでたらめで追い討ちをかけてくる。

眼をまん丸にしている倉田に、乃愛は微笑みを湛えながら小さく首を横に振ってみせた。

ムキになって否定すれば逆効果だ。なにより、自分の疑いを晴らすために倉田の時間を無駄にしたくなかった。

キャバクラのセット料金は高い上に、自分は指名が重なっているので一時間のうちに十五分ほどしか付けないから、有意義に過ごしてほしかった。

「でもさー、乃愛ちゃんって、そういう純粋にみえるところがお客さんからすればかわいらしくて指名されちゃうのかな？」

「いまだって四人をかけ持ってるんだよね？　私なんか不器用だから、一人のお客さんで手一杯。乃愛ちゃんって、凄いよね」

キラとエマが、悪意と皮肉をこめた会話のキャッチボールをした。

「私のことより、お客さんとお話ししてください。女の子同士が話してると、お客さんが楽しめません。私も倉田さんのお時間を無駄遣いしたくありませんから」

乃愛の言葉に、キラとエマの血相が変わった。

倉田が手を叩きながら愉快そうに笑う。

「時間の無駄遣いをさせたくないだって？　じつに面白い表現だ。君達、新人さんに一本取られたな」

キラとエマは不服そうにしていたが、渋々と自分達の客に向き直った。

「出会いに乾杯」

運ばれてきた乃愛のストロベリースムージーのグラスに、倉田が焼酎のグラスを触れ合わせた。

「悪いね。高い酒じゃなくて。ケチっているんじゃなくて、酒に弱い体質で焼酎以外は飲めないんだよ」

申し訳なさそうに、倉田が「黒霧島」のボトルを指差した。

「そんな、謝らないでください！　お客さんには、そんなことを気にしないでほしいです」

乃愛は、顔の前で手を振りながら言った。

倉田が孫を微笑ましくみつめる好々爺《こうこうや》のように柔和に眼を細める。

「君はこういうところにくる男性は嫌い？」

「いいえ、そんなことありません。でも、すぐに新しい女の子に目移りしそうなので彼氏にするのは嫌です」

「ずいぶん、はっきり言うね〜。こういうところにきている男性としては、胸が痛むなぁ」

倉田はおどけた口調だった。

「すみません……」

「あんた、なに言ってるの⁉　お客さんに失礼でしょ！」

キラが眼尻を吊り上げた。

「ホント、マジでありえない子ね」

エマがキラに追従する。

「いいんだよ。営業用のおべっかを使う女の子より、僕は彼女みたいな正直な子のほうがいいね。ちょっと」

倉田が、黒服を呼び止めた。

「ドンペリを入れてくれ」

「えっ!?」

弾かれたように、乃愛は倉田をみた。

「たまには、焼酎以外の酒も飲んでみたくなってね」

「でも、焼酎以外は飲めないんですよね？　もし、私のためなら――」

「自分のためだよ。こういう店で見栄を張る客にだけはなりたくないと思っていた私が、見栄を張ってみたいと思える女性に出会えた。こんな馬鹿げた自分が、新鮮でね」

倉田の眼が、糸のように細くなった。

「でも、なんだか、申し訳ないです……」

「その代わり、一つ、頼みがあるんだ」

「なんでしょう？」

「どんなに売れっ子になっても、変わらずにいまのままの君でいてくれ」

倉田は言うと、柔和に微笑んだ。

2

「中間売り上げのランキングを発表する」

ピンクの大理石とスワロフスキーをふんだんに使った煌びやかなフロア――営業前の静寂なフロアで桐谷が、緊張の面持ちでソファに座るキャスト達を、褐色の陽灼け顔で見渡した。月半ばに売り上げの中間発表をするのは、キャストの士気を高め危機感を募らせるのが目的らしい。

「第十位は、エマ。四十二万五千円」

エマが立ち上がりお辞儀をすると、V字に切れ込んだドレスの胸もとから白くふくよかな乳房が零れ落ちそうだった。

「もっと上に行けるように頑張りまーす」

気怠《けだる》げに言うと、エマがソファに腰を戻した。

「第九位は、キラ。四十七万二千円」

いつも以上に茶髪を盛ったキラが不満顔で立ち上がり、頑張ります、と吐き捨てるように言った。

「ふたりとも、先月からスリーランクダウンだ。あとがないぞ。ベスト10から落ちたら、時給ダウンだ」

突き放すように言うと、桐谷は八位、七位、六位と順位を発表した。

一人、また一人名前を呼ばれるたびに、乃愛の鼓動は高鳴った。

まだ、自分の名前が呼ばれないのは、ベスト10に入っていないからか、それとも――。

一つでも、上の順位になりたかった。

脳裏に、花蘭の勝ち誇った顔が浮かんだ。

早く、上り詰めなければならない。彼女の視界に入る場所に――。

「第五位は、智花《ともか》。百五十六万三千円」

智花が、弾ける笑顔で立ち上がった。こんがりと灼けた褐色の肌に、オレンジ色のドレスがよく似合っていた。

「先月はベスト10圏外だったので、五位なんて夢みたいです！」

「まだ、半分残っている。今月が終わったときに、圏外にならないように気を引き締めろ」

「はい！」

桐谷が手綱を締めると、智花が快活に返事した。

「第四位は、エミリ。百五十七万六千円」

「ねえ、あなた、もしかして、ベスト3に入ったんじゃないの？」

七海が乃愛の耳もとで囁いた。

「どうでしょう」

「なによ、他人事《ひとごと》みたいに。新人がいきなりベスト3入りなんて、物凄い快挙よ」

エミリのスピーチが終わった。

乃愛は桐谷の口もとを注視した。

「第三位は杏里。二百万五千円」

キャスト達がどよめいた。

百七十センチを超える九頭身の杏里の表情は、ナンバー3だというのに険しかった。

「杏里ちゃん、ずっと二位だったからねぇ」

七海が呟いた。

「二位から落ちたのは久しぶりなので、驚いてます。正直、めちゃめちゃ悔しいです。残り半月、死に物狂いで頑張って最低でも指定席は確保します」

杏里は厳しい表情で唇を引き結び頭を下げた。

「第二位は乃愛。三百四万八千円」

桐谷が発表した瞬間、キャスト達の間にざわめきが起こった。

「マジで？　あの子が二位なの!?」「三百四万って、嘘でしょ!?」「杏里さんより百万も売り上げあるじゃん」「あんな冴えない子が、信じられない！」

みな、そこここで驚きの声を上げていた。

乃愛は、椅子から立ち上がると深く息を吸った。

「私が二位だなんて、まだ、実感が湧きません。夜の仕事は初めてなので、右も左もわからず必死にやってきました。私はこの世界に入るときに、ナンバー1になると決めました。でも、だからといって、お客さんに無理に高いボトルを勧めたりとかはしたくありません。お客さんに負担をかけずに、有言実行したいと思います」

乃愛は、正面に座る彩夢を見据えながら自らの言葉を嚙み締めた。

宣戦布告――彼女を抜かなければ、花蘭への挑戦権を得ることはできない。

――花蘭は歌舞伎町の「メビウス」ってキャバクラのナンバー1キャストだよ。

――「メビウス」のナンバー1っていうことは、日本でナンバー1ってことなの。ナンバー1ホストの星矢とナンバー1キャストの私は、ドリームカップルってわけ。

星矢と花蘭の、人を見下したような顔が、霊安室で冷たくなった茉優の顔が、脳裏に蘇る。

二人が無視できない存在になる必要があった。二人が危機感を覚える存在になる必要があった。「ブリリアンカンパニー」で、花蘭よりも発言力のある存在になる必要があった。

そして、妹を地獄に叩き落した星矢からすべてを奪える力を持つ存在に――必ず、なってみせる。

乃愛が頭を下げると、七海だけが満面の笑みで拍手をしていた。ほとんどのキャスト達は、敵意に満ちた嫉妬の眼差しを向けていた。

「おめでとう、乃愛ちゃん、入店したばかりなのに、二位なんて凄いじゃん！」

席に座ると、興奮に頬を紅潮させた七海が祝福した。

「人のこと祝福してる暇があったら、自分が頑張れって話よね」

七海に聞こえよがしに、エマが嫌味を言った。

「ほんと、ほんと、ベスト10にも入ってないおばさんが、なに余裕かましてるんだって」

キラが馬鹿にしたように鼻を鳴らす。

二人の口撃など聞こえないとでも言うように、七海は笑みを絶やさなかった。

「そして中間発表の第一位は、彩夢。四百万二千円！　おめでとう！　前に出てきて」

桐谷が名前を呼んだあとに拍手をしたのも、席を立つだけでなく前に出てスピーチするのも、彩夢が初めてだった。

やはり一位は、特別ということなのだろう。

「入店して半年間、ずっと一位を取ってきましたが、今回が一番嬉しくありません」

予想外のスピーチに、キャスト達がざわめく。

「なぜなら、二位の素人の子と百万くらいの差しかないからです」

続く言葉に、店内のざわめきが大きくなった。

「こんな低レベルな争いをしているようでは、『メビウス』の花蘭さんを倒すとか恥ずかしくて言えません。乃愛ちゃん、あなたに言っておきたいことがあるの」

彩夢は、乃愛を見据えた。

「お客さんに無理に高いボトルを勧めたくない、お客さんに負担をかけずにナンバー1になりたい、そんなふうに言ってたわね？」

乃愛は小さく頷いた。

「それって、本気で言ってるの？　だとしたら、いまのうちに店を辞めたほうがいいわね。お客さんも最初は物珍しさで指名してくれると思うけど、そんなの長くは続かないから。お客さんなんてね、二度、三度、四度と通い続けるほど、お金を使わないで遊ぶ術《すべ》を覚えるものよ。きつく締めた財布の紐を、どうやって緩めさせるかが私達の腕の見せ所なの。黙って待ってても、キープしたボトルをちびちび飲むだけで売り上げは伸びないわ。売り上げなんて関係なく愉しく飲みたいっていう子なら、それでもいいでしょう。でもさ、乃愛ちゃんはナンバー1になりたいんだよね？」

問いかけてくる彩夢に、ふたたび乃愛は頷いた。

「値の張るボトルを勧めなきゃ、ナンバー1になれるわけないじゃない！　お客さんに負担をかけなきゃ、ナンバー1になれるわけないじゃない！　ナンバー1を、甘くみないで！」

彩夢の一喝に、フロアの空気が切り裂かれた——乃愛の心も切り裂かれた。

「残り半月一位を守り、今月もナンバー1を取ってみせます。私の眼はいままでも、いまも、これからも花蘭さんしかみてません」

頭を下げ、席に戻ってくる彩夢と視線が交錯した。

彩夢のあまりに強い眼力に、乃愛は怯みそうになる心を奮い立たせた。眼を逸らしはしない——自分にはやらなければならないことがある。

姉さんに、力を貸して——。

記憶の中の茉優に、乃愛は語りかけた。

☆

「乃愛ちゃーん!」

靖国通りに佇《たたず》み、タクシーの空車を探していた乃愛の視界に、手を振りながら駆け寄ってくる七海の姿が入った。

「七海さん、どうしたんですか?」

「アフターじゃなかったの?」

息を切らしながら、七海が訊ねてきた。

「お客さんがお店で飲み過ぎて潰れちゃったんです」

本指名をしてくれたスポーツジムを経営している四十代の男性とアフターに行く約束をしていたのだが、閉店間際にトイレに籠もったまま出てこなくなった。心配して様子を見に行った黒服がトイレで便器を抱きながら潰れていた指名客を介抱し、タクシーに乗せたのだ。

「そっか、じゃあ、私の知り合いのバーに行ってふたりでお祝いしよう？」

「なんのお祝いですか？」

「ま、とにかく行こう！」

乃愛の問いかけに答えず、七海が手を取り歩き出した。

「ねえ、ウチの店で飲み直さない？」

韓流スター張りのスマートマッシュヘアのホストが声をかけてきた。乃愛が歌舞伎町で働き始めてから、何度か見かけた顔だった。

「今日は女子会だから」

七海は素っ気なく言うと、乃愛の手を引き靖国通りを渡った。

「私が言うのもなんだけど、ホストクラブで大金を使うキャバ嬢の気が知れないわね。あいつらさ、女の子からどうやってお金を搾り取るかってことしか考えてないんだから」

早足で歩きながら、七海が唇をへの字に曲げた。

「そんなに、ホストクラブに通っているキャストは多いんですか？」

ホストと口にするだけで、動悸がした。ホストと聞いただけで、どす黒い感情が理性を麻痺させた。

——なんでもいいけどさ、侮辱されたくなかったら、お前もお前の妹も洗練された女になってみろよ。この花蘭の半分でも垢抜けて店で金を落とせるようになったら、妹の相手してやってもいいからさ。まあ、アヒルが白鳥になるのは無理だけどな。

一年前の星矢の言葉を、一日たりとも忘れたことはなかった。

冷たく別人になった茉優の横で、乃愛は誓った。

必ず白鳥になってみせると。星矢と花蘭が白鳥のつもりなら、アヒルの気分を味わわせてやると――。

「多いなんてもんじゃないわね。ウチの店にも、私が知ってるだけで五人は嵌まってる子がいるわよ」

言いながら、七海が雑居ビルのエレベータに乗り八階のボタンを押す。

「五人もですか？」

「通ったことがあるだけの子を入れたら、二人に一人はいるんじゃないかな。じつは私も一年くらい前まで、ホストクラブに入り浸ってたクチなのよ」

七海が舌を出し、肩を竦めた。

エレベータの扉が開くと、ブラックライトに照らされた細長い空間が現れる。カウンターバーに六つのスツールが並んでいるだけの、こぢんまりとした店だった。

「七海ちゃん、久しぶり」

カウンターの奥で煙草を吸いながらワイングラスを磨く、ラインストーンのスカルのニットキャップを被った男が、眼尻に深い皺を刻んだ。四十は超えていそうだが、Tシャツ越しでも鍛え上げられ、引き締まった身体だとわかる。

「なに言ってんのよ、マスター。先週きたばかりじゃん」

言いながら、七海が一番端のスツールに腰を下ろす。乃愛は七海の隣に座った。

「俺は七海ちゃんの顔を一週間も見ないと、一ヶ月は会ってないような寂しさに襲われるのさ」

「店の家賃が払えないから、もっと顔を出してほしいだけでしょ？　ほら、今夜も閑古鳥が鳴いてるじゃない」

七海がからかうように言いながら、空席のスツールに右手を投げる。

会話のやり取りから、ふたりの親しさが窺えた。

「人聞きの悪いこと言ってないでさ、なににする？　七海ちゃんは、いつものでいい？」

「うん、お願い」

「そちらの、七海ちゃんとは真逆の清楚なお嬢様は？」

マスターが冗談めかした口調で言い、乃愛に顔を向けた。

「あら、失礼ね。私だって清楚なんだからね！　十年前までは」

七海がマスターを睨みつけたあとに小さな声でつけ足した。

「あ、私はなにかソフトドリンクを頂いてもいいですか？」

「だめよ、お祝いだって言ったでしょ？　乾杯するんだから、今夜くらいお酒にしなさい。マスター、乃愛ちゃんにも私と同じやつね」

「いいの？」

訊ねるマスターに、乃愛は頷いた。

「七海さん、訊こうと思ってたんですけど、なんのお祝いですか？」

「中間発表のお祝いに決まってるじゃない。ねえ、マスター、乃愛ちゃんって凄いのよ。『ナイトアンジュ』に入店して半月なのに、数十人いるキャストの中で売り上げが二位なんだから」

「そりゃ凄いな。じゃあ、これは俺からのお祝いだ」

マスターが、レッドアイのグラスを宙に掲げた。

「じゃあ、乃愛ちゃんの記念すべき二位に乾杯！」

「そんな、乾杯だなんて……」

「いいから、いいから」

七海が、乃愛のグラスにグラスを触れ合わせた。

「それにしても、入ったばかりで二位なんて本当に凄いじゃないか」

マスターがカシューナッツとアーモンドの盛り合わせの入ったガラスの器を置きながら、

言った。

「乃愛ちゃんを観察してみて、人気の秘密がわかったんだ」

七海が、意味深に呟いた。

「どんな秘密？」

マスターが身を乗り出した。

「椅子に座るとき、名刺を渡すとき、グラスに氷を入れるとき、全部の行動が慣れてないっていうか、いい意味でぎこちないんだよね」

「ぎこちない？」

「そう。なんか、耳朶《みみたぶ》とか頬とかほんのり赤らんだり、一生懸命な感じが伝わるっていうの？　それにお客さんの話を聞くのがうまいわ。あんな昔の喧嘩の武勇伝とか、釣った魚の大きさとか……。よく、延々と続くつまんない話を飽きずに聞けるわね。半分は、もちろん演技でしょ？」

七海が、呆れた顔を乃愛に向け訊ねてきた。

「演技なんて、とんでもない。お客さんから聞く話って初めてのことばかりで、私にとって未知の世界なんです」

「うわうわうわ、出た！　優等生発言！」

七海が茶化す。

「本当ですよ」

「あ！　いまの訛った感じ！　それそれ！『方言女子』ってDVDが出るくらい、男って女の子の訛りに弱いんだよね〜」

「同じこと、お客さんにも言われました」

乃愛は、北山とのやり取りを思い浮かべた。

「教育係の私の教えがよかったのよ、ね？」

七海が得意げに胸を張り、乃愛に笑顔を向ける。

「七海ちゃんにかかったら、なんでも自分の手柄にされちゃうんだな。ところでナンバー1は相変わらずあの子？」

マスターが苦笑いを浮かべ訊ねる。七海が渋い表情で頷いた。

「彩夢ちゃんだっけ？　彼女さ、入店以来ずっと一位なんだろ？　半端ない才能だね」

「才能なんかじゃなくて、性格が悪いだけだって。二枚舌使えないと、ナンバー1なんかになれないから。あなたは、売り上げのためにあんなふうになっちゃだめよ」

七海が吐き捨てるように言い、乃愛を戒めた。

「いいんじゃないの？」

不意にマスターが言った。

怪訝な顔で、七海がグラスを口もとに運ぶ手を止めた。

「客を気持ちよくさせることができるなら、二枚舌でも三枚舌でもいいんじゃないの？」

「えー、マスターがそんなこと言うの意外だな。っていうか、ちょっと幻滅」

「キャバクラってお金で時間と夢を買うところだろう？　だったら、客がいる時間は夢を売ってあげるべきじゃない？」

マスターが七海と乃愛を交互に見渡した。

「お金で時間と夢を買うところ――」

乃愛は、無意識にマスターの言葉を繰り返す。

「マスター、汚れてない新人の前でそんなでたらめ言わないの」

七海が、窘めるように言った。

「でたらめなんかじゃないさ。七海ちゃんって、彼氏いる？」

「な、なによ、藪から棒に……。彼氏くらい、いるわよ。もう、三十路なんだしさ」

「それ、指名してくれた客の前でも言える？」

マスターが七海に訊ねる。

「えっ……」

「高いお金払ってきてくれてる客にさ、彼氏がいるかどうか訊かれたら、いまみたいに正直に答える？　彼氏はいないって言うよね？　それは二枚舌にならないのか？」

「それは……」

七海が言葉に詰まる。

「本当は、喋りたくもないような嫌な客がきても、指名してくれたらにこにこして席に着くだろう？　それだって二枚舌って言うんだよ」

マスターの口調は穏やかだが、言葉の一つ一つが鋭利な刃物のように乃愛の心を抉《えぐ》った。

平気で嘘を吐く女を軽蔑していた。彩夢のようには、なりたくないと思っていた。

だが、同じだったのかもしれない。

「俺から言わせれば、なにも変わらないよ。彩夢ちゃんも君達も」

「乃愛ちゃん、マスターのことは無視していいから。昔から、空気読まないで変なことばかり言うのよ」

七海が睨みつけると、マスターが身震いするふりをして洗い物を始めた。

乃愛は複雑な気分で頷いた。彩夢や花蘭のようにはなりたくなかったが、マスターの言うようにもし彼氏がいた場合、自分は客に言えるだろうか？

考えなくとも、答えはわかっていた。

だからといって、彼女達と同じ人種になるつもりはなかった。とくに花蘭とは――。

もし、万が一にも、そんなことになるくらいなら……。死んだほうがましだった。

「七海さんは、ホストに詳しいんですか？」

「いきなり、どうしたのよ？　もしかして、行ってみたいとか？」

七海が茶化すような口調になる。

「いえ、ちょっと訊きたいことがあるんです。星矢さんってホスト、知ってますか？」

「あたりまえよ。知ってるもなにも、ウチの系列のホストクラブのナンバー1、歌舞伎町で既に伝説と言われるホストよ。乃愛ちゃん、星矢のファンなの？　そんな真面目そうな顔して、見かけによらない男の趣味ね」

「そんなんじゃありません！」

思わず、語気が強くなった。

なにも事情を知らない七海に、悪気がないことはわかっていた。だが、適当な言葉であっても、星矢のファンなどと言われるのは我慢ならない。

「冗談よ、じょーだん。あなたって、筋金入りの真面目ちゃんね。で、どうして星矢のことを聞きたいわけ？」

「私の知り合いがそのホストに嵌まってるらしく、どんな人か気になってしまって……」

本当のことを言うわけにはいかないが、嘘は心が痛んだ。

「ああ、珍しくないわね。星矢はね、ホスト業界でカップ麺って呼ばれてるの」

「カップ麺ですか？」

「そう。星矢が席に着いたらどんな女でも三分でできあがる——つまり落ちるって意味よ」

「そんなに、素敵な男性なんですか？」

最低の男だということは知っていたが、星矢の情報を集めるためには仕方がなかった。

「完璧なビジュアルに女心をくすぐる話術。女子からすれば、理想的な男ね。レベルの高い『ナイトバロン』で、ナンバー1を三年間守り続けているくらいだからさ」

「じゃあ、ウチの社長は星矢さんに足を向けて寝られないですね」

乃愛はレッドアイを一口流し込んだ。トマトジュースの味がするぶん、普通のビールよりも飲みやすかった。

「そうでもないんだよねぇ」

七海が意味深な言い回しをして、笑った。

「え？」

「星矢と『メビウス』の花蘭がつき合ってるの」

井戸端会議をする主婦のように、七海が好奇に瞳を輝かせている。

「そうなんですか？」

乃愛は知らないふりをした。

「詳しいことはよく知らないけど、そのことで社長はあんまり星矢のことよく思ってないんだよね。ドル箱中のドル箱の商品に手をつけた形だから、社長が怒るのもわかるけどね」

「でも、星矢って人も社長にとってはドル箱の商品ですよね？」

「なんだけど、星矢とつき合い出してから、花蘭のコントロールが利かなくなったらしくてさ。つまり、彼氏の言うことしか聞かないから、社長としてはやりづらいんじゃない。かといってふたりとも稼ぎ頭だから、怒鳴りつけて移籍でもされたら困るだろうし」

七海が下唇を突き出し、肩を竦める。

たしかに、あのふたりなら世界は自分達を中心に回ると思っていても不思議ではない。

「とにかくさ、星矢には花蘭っていう日本一のキャストがいるんだから、彼を目当てに通い詰める女の子はご愁傷様だわ。ま、それは花蘭目当てに大金を落とす男どもにも言えるけどさ。彼女には、日本一のホストがいるんだからね」

日本一のキャストに日本一のホスト——。鼓膜に蘇る七海の言葉を打ち消すように、乃愛はレッドアイを一息に飲み干した。

3

「なんかさ、乃愛ちゃんってキャバ嬢っぽくないよね？」

焼酎のグラスを傾け、渡部《わたべ》が言った。

「この前も、その前も同じこと言ってましたよ？」

乃愛は渡部のキープしている焼酎をグレープフルーツで割って飲んでいた。

渡部は映像制作会社のディレクターで、今日で五度目の来店だ。朗らかな人柄で明るい酒を飲む渡部の席での乃愛は、いつも笑みが絶えなかった。

「だってさ、何度会っても乃愛ちゃんが夜の世界に染まってないからさ。今日だってこんなに指名が入ってるのに、珍しい子だよね」

渡部がただでさえ細い眼を糸のようにして微笑む。

渡部の言うように、今夜も四組の客から指名を受けていた。売り上げも順調に伸び、中間発表から一週間が過ぎてもナンバー2の座を守ることができていた。

だが、乃愛の心は晴れなかった。

その理由は、わかっていた。

乃愛以上に、彩夢の売り上げは伸びていた。中間発表の際にはおよそ百万円ほどだった差が二百万円――倍近くに開いていた。

彩夢とは指名客の数はそう変わらないが、売り上げに差がついてしまうのは客単価が違うからだ。

乃愛は通路を挟んだ斜向かいの席に視線を移した。

「じゃあ、彩夢ちゃんの入店二百日記念にかんぱーい！」

彩夢の席――クーラーボックスにはシャンパンのボトルが入っていた。彩夢は三人組の客に付いていて、連れのキャストにまでシャンパンが振舞われるので、あっという間にボトルは空くだろう。

乃愛は視線を渡部の焼酎のグラスに移す。慌てて、心に浮かびかけた感情を打ち消した。

「呆れたな」

渡部が鼻を鳴らした。

「え？」

「だって入店二百日記念ってなんだよ？　ボトル入れさせるためのこじつけ丸出しじゃないか。乃愛ちゃんには、ああいうふうにはなってほしくないな」

渡部が、しかめっ面で乃愛に言った。

「そうですね。でも、そこまでして売り上げの協力をして貰えるなんて、彩夢さんは魅力的なんでしょうね」

「羨ましいの？」

渡部の顔に、怪訝な色が広がった。

「羨ましくはないです。ただ、同じ女性として悔しい気持ちはあります」

「俺にも、シャンパン入れてほしい？」

試すように、渡部が言う。

瞬間、乃愛は言葉に詰まった。

答えが、わからないわけではない。心の声は聞こえていたが、その声を素直に出していいかどうかを躊躇《ためら》っていた。

「遠慮なしに、言ってみなよ」

「渡部さんが平気なら、嬉しいです」

正直に、思いを口にした。

図々しいとは、わかっていた。一週間前の自分なら、こんなことを口にしないこともわかっていた。

渡部にお金を使わせようとしている自分に、嫌悪を覚えた。高いボトルを入れようとしてくれている渡部に、良心の呵責を感じた。

ただ、乃愛にとってなにより苦痛なのは、嘘を吐くことだった。

そして、この一週間で悟った。

いままでの自分では、花蘭どころか彩夢にも勝てないことを。茉優の仇を討つためには、理想ばかりを追いかけてはいられない。

「わかった。店員さんに、ドンペリの白を入れて貰って」

「いいんですか？」

「だって、そうしてほしいんだろう？」

相変わらず、渡部の口調は自分を試しているようだ。

「ありがとうございます。すみません。ドンペリの白、お願いします」

乃愛は罪悪感の叫びに耳を貸さずに、黒服に注文を告げた。

「本当にありがとうございます。ドンペリみたいな高いお酒を入れて頂いて――」

「いいよ、別に。キャバクラは、そういうところなんだろう？」

さっきまでとは一変した皮肉っぽい口調で、渡部が言う。ドンペリを入れた瞬間から、明らかに渡部の態度は変わった。

「なんか、無理を言ってしまってごめんなさい……」

「乃愛ちゃんが謝ることないって。逆にごめんな。ドンペリのロゼやゴールドを入れられなくてさ」

渡部の皮肉は続く。さっきまで居心地のよかった空間が、針の筵《むしろ》に急変した。

だが、後悔はない。夜の世界に足を踏み入れると決断したときから、覚悟しなければならないことだった。

「私は、渡部さんのお気持ちだけで嬉しいです」

嘘ではなかった。売り上げがほしいのは事実だが、自分のために無理をしてくれた渡部の気持ちがなにより嬉しかった。

「気持ちだけでいいなら、五千円の焼酎でも嬉しいわけ？」

渡部がふたたび鼻を鳴らした。

どれだけ嫌味や皮肉を言われようとも、茉優の無念を晴らすためなら耐えることができる。

「ドンペリをお持ちしました！」

黒服が運んできたシャンパンのボトルを、彩夢が鋭い視線で追っていた。

小気味のいい開栓の音が、乃愛には戦いの合図を報《しら》せる号砲に聞こえた。

「じゃあ、乾杯」

不機嫌そうな顔で、渡部がグラスを宙に翳《かざ》した。

「頂きます」

乃愛は、渡部のグラスにグラスを触れ合わせた。

「乃愛さん、お願いしまーす」

黒服が乃愛を抜きにきた。

「ちょっと、行ってきます。すぐに戻ってきますね」

乃愛はグラスに名刺を置き、席を立つ。

シャンパンを飲み干した渡部も、腰を上げた。

「もう帰るから、戻ってこなくていいよ」

「渡部さん、なにか気を悪くしたなら謝り――」

「いや、謝る必要はないよ。君はキャバ嬢としてあたりまえのことをやった。ただ、俺は一本十万近くするシャンパンを入れさせて、ありがとうございますの一言で済ませるような女と一緒にいたくないってことさ」

渡部は蛇蝎《だかつ》をみるような眼つきを残して、立ち去った。

「乃愛さん、急ぎでお願いします」

黒服が、乃愛を急かした。

「十番テーブルです」

「あっ、すみません」

乃愛は、急ぎ足でフロアを横切った。

渡部を怒らせてしまったことが、頭から離れなかった。やはり、ボトルを入れて貰わないほうがよかったのだろうか？

「こんばんは」

十番テーブルの客は北山だった。浅黒い肌に、スカイブルーのスーツがよく映えていた。

「キャバクラで、こんばんはって挨拶は初めてだな」

北山が、愉快そうに笑った。

「あ、変でした？」

乃愛は訊ねながら座る。

北山は四度目の来店なので、乃愛もリラックスできた。

自分ではサラリーマンと言っているが、主任の小宮は北山のことを社長と呼んでいた。なんの仕事か気になったが、北山のほうから説明がないので、いまだにわからないままだ。

「なに飲む？」

北山はいつものように白ワインを飲んでいた。

「オペレーターをいただいてもいいですか？」

「お酒、飲めるようになったんだ？」

北山の席で、アルコールを頼むのは初めてだ。

「はい、甘い感じのカクテルっぽいものだけですけど」

オペレーターは白ワインをジンジャーエールで割っているので、飲みやすかった。

「少し大人になったってことかな？」

冗談っぽい口調の北山に乃愛は微笑んではいたが、渡部とのことが引っかかって心は晴れなかった。

「だといいんですが」

「俺、この店に最初にきたときに出入り禁止になりそうになったんだよ」

「え？　どうしてですか？」

「引き抜きとか困るんですよね、って言われてさ。同業者と間違われたみたい」

北山が苦笑した。

「北山さん、目立ちますものね」

運ばれてきたオペレーターを、北山のワイングラスにそっと触れ合わせた。

「まあ、堅気の商売にはみえないよね？　っていうかさ、なんか、心配事でもあるの？」

「えっ？」

「さっきから、心ここにあらずって顔をしてるからさ」

「あっ、ごめんなさい。さっき、お客さんを怒らせてしまって……」

「どうして怒らせたの？」

乃愛は、シャンパンのボトルを入れるまでの経緯を北山に話した。

「なるほどね」

北山が煙草を取り出した。

慌てて、乃愛は火をつける。火をつけるのを忘れ、客に何度か注意されたことがあった。

煙草を一本灰にするまでの間、北山はなにかを考え込んでいた。

「わからんでもないかな～」

唐突に、北山が言った。

「俺もそうだけど、その人もきっと乃愛ちゃんに素朴なままでいてほしいんだよ」

「やっぱり、私が悪いんですよね……」

「いやいや、悪くはないさ。乃愛ちゃんはキャバ嬢なんだから、売り上げを伸ばそうとするのはあたりまえのことだよ。ただ――」

北山が言い淀んだ。

「ただ、なんですか？」

「それは乃愛ちゃん次第で、どうにでもなることとも言える」

「私次第、ですか？」

「ああ。キャバ嬢の中にも、売り上げにこだわらない子はいる。客も様々で、一番高い場所に咲く花にしか興味のない者もいれば、ひっそりと自分のためだけに咲いてくれる花を好む者もいる」

言葉を切り、北山が乃愛をみつめる。その瞳は、乃愛を試しているようにもみえた。

北山が言いたいことは、わかっていた。

売り上げに関係なく、純粋に場を盛り上げ、和ませているキャストも大勢いる。

七海も、そんな一人だ。たしかに七海はベスト10にも入っていないが、だからといって彼女が劣っているとは思わない。空気を読む力も話術も、ベスト10クラスのキャストに負けてはいない。

しかし――。

「君はひっそりと咲く花になることもできるんだよ」

北山が乃愛をみつめたまま、白ワインを飲み干す。

「できることなら、そういう花でありたいと思います」

言いながら、乃愛は北山から視線を逸らさずに、瞳で本音を伝えた。

「なるほど。頂上に咲く花でありたい――つまり、そう言いたいんだな？」

乃愛も北山をみつめたまま小さく、しかし力強く顎を引いた。

「誰よりも美しく目立つ花でありたいと、誰よりも多くの者達から注目を集める花でありたいと、そう願ってるんだな？」

ここで頷けば、北山のことも失ってしまうかもしれない。いや、かもしれないではなく、渡部のように確実に乃愛のもとを去るだろう。自分には変わってほしくない——。北山は初めて指名してくれたときに、そのようなことを言っていた。

だが、それでも構わなかった。

自分は一日経つごとに高みへ、高みへと登ろうとするだろう。どれだけ高い場所に到達しても、上に一輪でも咲いている花があるかぎり、乃愛の足が止まることはない。少なくとも、北山が望んでいるような可憐な花を咲かせることはできないと乃愛にはわかっていた。

乃愛は、ふたたび頷いた。

「どうして、頂上に咲きたいと願う？」

「それがなにかは言えませんが……。どうしても、トップにならなければならない理由があるんです」

「金か？」

乃愛は、首を横に振った。

「だろうな。金なら、別にナンバー1に拘る必要はないしな。君はいま、何位だ？」

「二位です」

「ほう、二位なんて凄いじゃないか。トップとの差は？」

「二百万くらいです」

「ずいぶんと、差が開いてるな。残りの日数は？」

「一週間です」

「ナンバー1になれない善人と、ナンバー1になれる悪人の人生なら、君はどっちを選ぶ？」

北山が、空のワイングラス越しに乃愛を見据えた。

「……ナンバー1になる人生を選びます」

これで、北山も去るだろう。

後悔はない。悪人の人生を歩んだとしても、自らの心を欺きたくはなかった。

「なにしてる？　グラスが空だぞ」

「あ、ごめんなさい。すみません、グラスで白ワインを――」

「誰が同じのを頼むって言った？　ロマネコンティを入れてくれ」

北山の言葉に、乃愛は耳を疑った。

「あの、ロマネ……コンティですか？」

恐る恐る、乃愛は訊ねた。

「ああ、そうだ」

「失礼ですけど、ロマネコンティのお値段、ご存知ですか？」

「たしか、いまこの店にある年代ものは百十万と百万だったはずだ」

北山が涼しい顔で言う。

なぜそんなことまで北山が知っているかが不思議だったが、それ以上に一本百万円を超えるようなワインの王様を、自分のために入れようとしてくれることに驚きを隠せなかった。

「そんな高いボトルを——」

「ナンバー1になりたいんじゃなかったのか？」

乃愛の言葉を遮ると、北山が悪戯っぽい顔で笑う。

「本当にありがとうございます」

乃愛は立ち上がり、深々と頭を下げた。

「おいおい、やめてくれよ。俺が君をイジメてるみたいじゃないか」

「でも——」

「まあ、いいから、いいから」

北山は、苦笑しながら乃愛を座らせると手を上げ黒服を呼んだ。

「お飲み物ですか？　なにになさいます？」

「ほら、早く頼んでよ」

困惑した表情で躊躇う乃愛の背中を、北山が叩いた。

「……じゃあ、すみません。あの、ロマネコンティを……」

乃愛は蚊の鳴くような声を出した。

「えっ、ロマネコンティ、ですか？」

黒服が怪訝な表情で繰り返す。まさか、乃愛の席で百万円クラスの高額なボトルが入るとは信じられないのだろう。

「はい、ロマネコンティをお願いします」

「かしこまりました」

「おい」

立ち去ろうとした黒服を、北山が呼び止める。

「本数を訊かないのか？」

黒服の顔に疑問符が浮かぶ。

「誰が、一本と言った？」

北山が黒服に微笑みかけた。

「あっはい。申し訳ございません。何本、ご用意致しましょう？」

我に返ったように、黒服が訊ねる。

「百十万のと百万のボトルを、二本頼む」

「えっ、あ、だめですよ！」

乃愛は、咄嗟に黒服に言う。

「客が入れたいと言ってるのに、断るキャストがいるのか？」

北山はからかうような口調だ。

「あ、いえ、すみません……。でも、二本だなんて……」

「とにかく、入れてくれ」

乃愛の言葉をスルーし、北山が黒服を促した。

「二本で、二百万を超えるんですよ!?」

ポーズではなく、乃愛は本当に止めようとしている。

「だから、いいんだよ。二本で二百十万、これで現時点でナンバー1になれただろう？」

「もしかして、そのためにあんなに高いワインを二本も入れてくれるのですか？」

乃愛は震える声で訊ねる。鼓動が胸壁を破るほど高鳴っていた。

「そりゃそうさ。なんだ？ 嬉しくないのか？ 誰も手の届かない高嶺の花になりたいんだろう？」

北山は乃愛の顔を窺うようにみつめた。

「それは、そうなんですけど――」

乃愛は言い淀んだ。

もちろん、嬉しいに決まっている。こんなに一瞬で彩夢を抜けるとは思わなかった。

「感謝してくれているなら、俺がいまから言うことをよく聞くんだ。ナンバー1を目指すなら、半端な思いは捨てろ。たとえ五百万の金を作ってくれた客にたいしても、申し訳ないとか、どうしようとか、そんなふうに思うのはやめろ。感謝したふり、恐縮したふりはいい。だが、心の中じゃ堂々としていろ。キャバ嬢は客にいくら払って貰えるかで評価が決まる。客が使う金額がキャバ嬢の値段だ」

「……それは違うと思います」

遠慮がちに乃愛は言った。

「なにが違う？」

「女性の価値がお客さんの使う金額で決まるというのは、納得できません」

「俺が言ってるのは、女性の話じゃなくてキャバ嬢の話だ」

乃愛には、北山の言っている意味がわからなかった。

「女性である前にキャバ嬢じゃなければ、ナンバー1になんてなれない。五千円の焼酎のボトルしか入れて貰えないキャバ嬢と、五十万のワインを入れて貰えるキャバ嬢じゃ、ランクが違う。君はいま、二百万のワインを入れて貰えるキャバ嬢になった。現時点では君が薔薇で、ほかのキャバ嬢は雑草だ」

「雑草だなんて――」

「同情なんてするな。一時間後には、君が雑草になっているかもしれないんだから。気を抜けば足を掬われるのがこの世界だ。ほかのキャストに同情している暇があるなら、客にどうやって金を使わせるかを考えろ」

北山は淡々とした口調だった。

「北山さん、なんだか別人みたいです」

思ったままを、乃愛は口にした。

「本当の俺を知っているような言いかただな」

北山がからかうように言った。

「まだ四回しかお会いしていませんが、今日の北山さんはいつもと違う気がします」

「もしかしたら、これまでが違う俺で、今日が本来の俺かもしれないだろう？」

「どういうことですか？」

「あなた一人をみているって顔をしながら、心では大勢の客のことを考えている。客を踏み台にするくらいでなければ、花蘭には勝てないぞ」

乃愛は弾かれたように北山をみた。

「女神と悪魔、光と影、薬と毒——花蘭は、客のタイプや状況によって二つの顔を器用に使い分けることのできる女だ。だが、客には決して裏の顔を悟られることはない」

「花蘭さんと、お知り合いなんですか？」

動揺が顔に出ないように、乃愛は訊ねた。

「元の彼女だ」

あっさりと言う北山に、乃愛は息を呑む。

「どうした？　そんなにびっくりしたか？　なら、もっと驚愕の真実っていうやつを教えてやろうか？」

北山は悪戯っぽい笑みを浮かべながら、乃愛の顔を覗き込んできた。

「『ブリリアンカンパニー』の社長——それが、俺の仕事だ」

乃愛は、手に持ったグラスを思わず落としそうになった。

昨日、ふたりで行ったバーで七海が話していた社長というのは、北山のことだったのだ。

「どうした？　俺には社長っていう貫禄はないか？」

北山が冗談めかした口調で訊ねてくる。

「いえ……、そんな……、ただ、びっくりしちゃって……」

「まあ、仕方ないか。社長といっても、あまり表に出ないから、この店でも俺の正体を知っているのは店長や主任だけだからな。そのほうが、都合がいいんだよ。こうやってちょくちょく遊びにきて、女の子にちょっかいを出すこともできるからな」

北山が、少年のように笑った。

「っていうのは冗談だけど、お忍びは都合がいいのさ」

「お忍び、ですか？」

「ああ。『ナイトアンジュ』『フロマージュ』『アンダルシア』『ジュテーム』『メビウス』――系列店を定期的に視察してるんだが、俺が社長だってバレてたら黒服やキャストの普段の姿が見られないからな。俺の前でだけ二百パーセントの力を出しても、客の前で五十パーセントの力しか出さないなら店は潰れてしまう」

北山が唇をへの字に曲げて肩を竦めた。

「どうして、花蘭さんと別れたんですか？」

「おいおい、切り込んでくるねえ。用済みってことだろう」

「用済み？」

乃愛は訊ね返した。

「そう、目的は果たしたって意味だ。もともと、六本木のラウンジで働いていた花蘭をスカウトしたのは俺なんだ。家賃四十万のマンションに住む権利、一度に二十万以上落とす太客を優先的に付けて貰える権利、女王様並みに振舞える権利――彼女は、社長の女になることで様々な権利を手にすることができた。すぐに花蘭は頭角を現した。『メビウス』に入店して一ヶ月目から彼女はナンバー1になり、以降、負け知らずの快進撃が始まった。一年が過ぎた頃に花蘭に切り出されたよ。『私と別れるか？　ナンバー1を失うか？』ってね」

北山がふたたび苦笑いしながら小さく首を振る。

「別れなければ、ほかの店に移籍するっていうことですか？」

「そういうことだ。その頃の花蘭はもう、自力で家賃百万のマンションに住めて、自力で日に十組の太客を呼べて、自力で店長以下の黒服を従わせる力があった。俺の役目は終わったということさ。花蘭は計算高く、非情で、目的のためなら手段を選ばない女だ。だが、情けないことに俺は彼女を追い出せなかった。元彼氏としての未練じゃない。経営者として、稼ぎ頭のナンバー1キャストを手放すわけにはいかなかった」

北山が悔し気な顔で唇を嚙む。彼にとって、花蘭に突きつけられた二者択一は屈辱に違いなかった。

「お待たせしました！　ロマネコンティ、入ります！」

黒服が押してくるワゴンに載った二つのワインクーラーに、フロア中のキャストの視線が集まった。

「ロマネだよ、ロマネコンティ！」

キラがあたりを憚《はばか》らずにワインクーラーを指差し、叫ぶ。

「しかも、二本も――」

エマが表情を失った。

黒服がワインを開栓する小気味のいい音――乃愛は、突き刺さるような視線を感じた。

対面の席に座っている彩夢が、夜叉のごとき険しい顔で乃愛を睨みつけていた。

「あとは、みなに振舞ってあげてくれ」

ワイングラスを手にした北山がクーラーに入ったロマネコンティに視線を投げながら、黒服に言った。

「了解しました」

黒服は、目の前の太っ腹な客が「ブリリアンカンパニー」の社長だと夢にも思っていないだろう。

だが、乃愛にはわからなかった。なぜ、北山が自分を指名したのか？　自分をナンバー1にするためにこれだけの大金を使ってくれるのか？

「乃愛ちゃんの初ナンバー1を祝して、乾杯！」

北山が笑顔でワイングラスを宙に翳した。

「こんなに高いボトルを入れてくださり、ありがとうございます」

乃愛は言いながら、北山のワイングラスにグラスを触れ合わせる。ルビー色に輝く液体を流し込んだ。

「どうだ？　勝利の美酒の味は？」

北山が冗談っぽい口調で言った。

「高価なぶどうジュースみたいで、飲みやすいです」

「百万のジュースじゃ、子供には手が届かないな」

北山は笑いながら、グラスを一息に空けた。

「あの、どうして、私を指名してくれたんですか？」

乃愛は疑問に思っていることを口にする。

「探してるんだよ」

北山が呟いた。

「えっ？」

「花蘭に対抗できるキャバ嬢をな」

「私のこと、ですか？」

「昔から、やることなすことすべてを成功させてきた。後悔なんていう感情とは無縁だった。花蘭とのことは、俺の中の汚点だよ。人生で初めて後悔したよ。あのとき、花蘭と別れて店から追い出しておけばよかったたってな」

北山は苦々しい顔で吐き捨てると、空になったグラスを乃愛に差し出した。

「でも、社長の会社だから、花蘭さんの売り上げが増えれば嬉しいことじゃないんですか？」

北山のグラスをルビー色に満たしつつ、乃愛は二つ目の疑問をぶつけた。

「もちろん、稼いでくれるのはありがたいさ。だが、売り上げが落ちることを恐れて、花蘭に屈したっていう屈辱のほうが我慢ならない。私と別れないと店を辞める――つまりは脅されたわけだ。踏み台にされた女に頭を下げて引き留める男なんて、ありえないだろ？」

北山が自嘲的に笑う。自虐ネタ的に茶化してはいるが、北山の瞳の奥は笑っていなかった。

「育てた花より、さらに美しい花を育てる。それでしか、失った誇りを取り戻せはしないんだよ」

「どうして、私なんですか？　どうして、私を新しい花に選んでくれたんですか？　社長がボトルを入れてくれたから逆転できましたけど、彩夢さんのほうが上です。実際に、『ナイトアンジュ』に入店してから半年間、ずっとナンバー1ですし――」

三つ目の疑問――花蘭に対抗させるなら、彩夢のほうが相応しい。

「たしかにな。彩夢は『ブリリアンカンパニー』期待の新星で、ポスト花蘭の最有力候補だ。だがな、ポストがポストのまま終わることも珍しくない。ルックス、トーク、頭の回転、どれをとっても彩夢は優れている。五年に一人の逸材と言ってもいいだろう。正直、最初は考えた。彼女なら、『夜姫杯』で花蘭の連覇を阻めるかもしれないってな。でもなにかが足りない」

「なにが足りないんですか？」

思わず、乃愛は身を乗り出す。花蘭を倒すには、なにが必要かが知りたかった。

「百メートル走でたとえれば、彩夢は十秒台の決着なら一位を取り続けることができるだろう。だが九秒台の争いになったら難しい。花蘭はコンスタントに九秒台を出せる。君なら九秒台で走れるかもしれない。感覚でしか言えないけど、俺の直感がそう告げたんだ」

「そんなふうに思って頂き、光栄です」

「当初から桐谷に聞かされていた。新しく、面白い女の子が入ったって。その女の子が真面目で大人しそうな顔をして、花蘭を抜いてナンバー1になると宣言しているってね。この世界、口だけでたいしたことのない子のほうが多いからさ、あまり期待しないで指名したんだが、いままでにないタイプのキャバ嬢だったから驚いたよ」

「いままでにないタイプのキャバ嬢ですか？」

「そう、キャバ嬢らしくないが、誰よりもキャバ嬢らしい女だ」

「意味が、よくわからないんですが――」

乃愛は怪訝な表情で北山をみつめた。

「俺にもよくわからない。ただ、君が花蘭に対抗できるなにかを持っていることだけはわかった。そのなにかを解明するために、君を指名したってわけさ。いまの段階でわかっていることは――」

北山が言葉を切り、考え込んだ。

「白いキャンバスの強みかな」

「え？」

北山の言っている意味がわからず、乃愛は首を傾げた。

「いまの君の状態は、真っ白のキャンバスだから何色にも染めることができる。征服欲や支配欲がＤＮＡに刻まれている雄の本能を無意識に刺激してるってわけだ」

「……ありがとうございます」

「礼を言うのは、まだ早い。これから先、いつまでも白いキャンバスではいられない。初々しさで続く人気は、せいぜい三ヶ月までだ。いろんな色が塗られた状態のキャンバスになったときに、客に新しい刺激を与えられるかどうかの勝負になる。新人っていう武器を失った瞬間に、消えていったキャストをこれまでに大勢みてきた」

ワイングラスを傾けながら、北山が乃愛を見据えた。

「まずは残り一週間、今日のリードを守り抜いて、『ナイトアンジュ』のナンバー1になれ。そして、『夜姫杯』までの一年間、ナンバー1の座を守り続けろ。この店で負けているようじゃ、花蘭に勝つのは到底無理だ。無敗のままコンテストに挑み、絶対女王の座から花蘭を引き摺り下ろすんだ」

北山の瞳に、力強い光が宿った。

「一つ、お願いがあります」

茉優の死以来、一年間、ずっと心に秘めていた思いを乃愛は切り出そうとしていた。

「言ってみろ」

「一年後の『夜姫杯』、私と花蘭さんの負けたほうが歌舞伎町から去らなければならないというルールにして貰えますか？」

意を決して、乃愛は言った。

「負けたほうが、歌舞伎町から追い出されるってことか？」

北山が身を乗り出した。

「はい。北山社長なら歌舞伎町に顔が広そうなので、不可能じゃありませんよね？」

本当は、夜の世界から完全に引退させてやりたかったが、さすがの北山も東京中のキャバクラから花蘭を干すのは無理だ。

だが、我が物顔で咲いていた歌舞伎町から追放されるだけでも、花蘭にとっては大きなダメージになる。見下していた垢抜けない女に戦いを挑まれ、絶対女王の名をほしいままに栄華を極めていたカリスマキャストが五年目にして初めて敗北し、歌舞伎町から追い出されるというのは耐え難い屈辱のはずだ。

花蘭が終われば、次は——。

乃愛は、脳裏に浮かんだ星矢の軽薄な微笑みを打ち消した。

星を堕とすのは、花を刈り取ってからの話だ。

「まあ、歌舞伎町のキャバの経営者は知り合いばかりだから、俺の断りなしに花蘭を雇うなんて奴はいない。花蘭を歌舞伎町から追放するのはどうってことないが、君が花蘭を追放したい理由は？」

北山が訝しげな顔を向けてくる。

「あ、いえ……負けたほうが歌舞伎町からいなくなるみたいにしたほうが盛り上がるかな、と思いまして……」

乃愛は曖昧に言葉を濁した。花蘭への復讐のために、「ブリリアンカンパニー」の系列店に入ったなどとは言えない。

「わかった。ただし、この賭けは君が『ナイトアンジュ』で不動のナンバー1になれたらの話だ。勝ったり負けたりの並のナンバー1なら、万が一、『夜姫杯』で優勝しても花蘭の代わりにはなれない。俺に屈辱を与えた花蘭を見返してやりたいのは山々だが、それは、花蘭と同等か彼女以上の売り上げを叩き出せるキャストがいるという前提での話だ。まぐれで勝ったようなキャストのために、花蘭を追い出しはしない。まあ、花蘭はまぐれでは万に一つも勝てない相手だがな。どうだ？　その条件でいいか？」

乃愛は北山から視線を逸らさず、力強く頷いた。

「周りをみてみろ」

北山が巡らせる視線を乃愛は追った。

ロマネコンティを振舞われたフロアのキャストの視線が、乃愛のテーブルに注がれていた。

嫉妬、羨望、驚愕——キャスト達の様々な思惑を帯びた視線が、乃愛に痛いほどに突き刺さった。

とりわけ、彩夢の顔には鬼気迫るものがあった。

「みんなが、君を目の敵にしている。これまでとは違う。今日からは、追われる立場だ。いいか？　彩夢は入店以来半年間、一度もナンバー1を譲ったことのない優秀なキャストだ。花蘭のいない系列店に行けば、不動のエースになるだろう。絶対女王の挑戦権を勝ち取るのは、楽じゃないからな。君に、賭けてもいいか？」

北山が乃愛の瞳を射貫くようにみつめた。

乃愛は北山の視線を受け止め、さっきよりも力強く頷いた。

4

営業前のロッカールーム——ヘアメイクを終えた乃愛は、壁に貼られている売り上げ表の前に立ち尽くしていた。今日、月末は締め日だった。
乃愛は二人の数字を見比べた。

1位　彩夢　6、452、000
2位　乃愛　6、051、000

一週間前に北山がロマネコンティを二本も入れてくれて、彩夢を抜いて一位になったのも束の間、二日後には抜き返されて二位に転落していた。

そして、ラスト一日を残して彩夢に四十万円の差をつけられている。日に最低でも三組の指名客がくる彩夢とのこの差を逆転するのは、相当に難しい。

――まずは残り一週間、今日のリードを守り抜いて、「ナイトアンジュ」のナンバー1になれ。そして、「夜姫杯」までの一年間、ナンバー1の座を守り続けろ。この店で負けているようじゃ、花蘭に勝つのは到底無理だ。無敗のままコンテストに挑み、絶対女王の座から花蘭を引き摺り下ろすんだ。

脳裏に蘇る北山の声が、乃愛を苛《さいな》んだ。

「夜姫杯」までの一年間、ナンバー1の座を守り続けるどころか、北山がくれたチャンスも逃してしまうかもしれなかった。

「まあ、頑張ったほうなんじゃない」

不意に、声をかけられた。

鮮やかなオレンジのミニドレス――腕組みをした彩夢が、乃愛の横に立った。

「まぐれが重なったとはいえ、新人で私にこれだけ食い下がったんだからさ」

皮肉混じりに、彩夢が言う。

「まだ一日ありますから」

か細い声で、それだけ言うのがやっとだった。

「あれ？　もしかして、逆転できると思ってる？　それって絶対に無理だし」

彩夢が馬鹿にしたように笑う。

「そんなこと――」

「わかるんだよね～、これが！　ま、残り一日、悪足掻《わるあが》きしてちょうだい」

乃愛の肩を叩き、彩夢がロッカールームをあとにした。

「気にしないほうがいいよ」

離れた位置から彩夢とのやり取りをみていた七海が、乃愛に声をかけてきた。

「新人で六百万も売り上げて二位なんて、凄いことだよ」

「二位じゃ、意味がないんです」

絞り出すような声で、乃愛は言う。驚いた顔の七海を残し、乃愛は戦場《フロア》へと向かった。

☆

「彩夢さん、三番テーブルお願いします」

六番テーブルで接客していた彩夢を、黒服が抜きにきた。

三番テーブルのダークグレイのスーツを着た三十代の客は、昨日も一昨日も来店していて、連日シャンパンを入れていた。

乃愛の背筋を、焦燥感が這い上がった。

オープンして二時間——乃愛の指名は一組、彩夢は三組目だった。

「で、結局、なにを飼ったの？」

中牧《なかまき》の声で、乃愛は初めてペットを飼ったときの話が途中だったことを思い出した。

中牧は五十代の男性で、新宿三丁目のコンビニエンスストアのオーナーだ。一週間ほど前に乃愛を場内指名してくれて、今日で二度目だった。

「えっ、ああ、ハムスターにしたんです」

「犬や猫じゃなくて？」

訊き返しながら、中牧がビールを呷《あお》った。大のビール党の中牧は、ほかのアルコールはまったく口にしない。

自分の好きな飲み物を注文するのは、少しも悪いことではない。だが、ビールでは売り上げが伸びないのもまた事実だ。

接客しつつ、そんなことを考えている自分が嫌になる。

「最初は犬にするつもりで行ったんですが、ひまわりの種を口一杯に頬張る姿を見たらかわいらしくて」

中井、西田《にしだ》、橋本《はしもと》、真中《まなか》、水戸《みと》——。乃愛は会話しながら、客の名前を思い浮べた。来店すれば、二十万円から三十万円は使ってくれる客ばかりだ。

だが、来店しなければ意味はない。

来店してくれた客にお礼のメールやＬＩＮＥを送ることはあっても、乃愛は営業メールというものを送ったことがない。一万円や二万円は瞬時に消える夜の宴《うたげ》に、こちらから積極的に呼ぶことに気が引けた。

「でもさ、ハムスターは懐かないっしょ？」

「そうでもないですよ。名前もちゃんと覚えますし……。あの、トイレに行ってきてもいいですか？」

乃愛は断り、席を立つ。

六番テーブル――彩夢のテーブルに置かれているシャンパンクーラーが乃愛を急き立てた。

擦れ違い様に、ドンペリの白だということを確認して胸を撫で下ろしている自分がいた。

湧き上がる嫌悪感から意識を逸らした。

いまは、売り上げを伸ばすことが先決だ。

トイレの個室に入った乃愛は、スマートフォンを取り出した。


　こんばんは。今日、できたらお店にきて頂けたら嬉しいです。


五人の客にＬＩＮＥを送る。文面を変えずに送ったことに、罪悪感を覚えた。

三人が、既読になった。

どうしたの？　乃愛ちゃんが営業するなんて、珍しいじゃん。

橋本から、すぐに返信があった。

こんなLINEを送ってしまい、すみません。急に、お話がしたいと思いまして。

以前の自分なら、助けてほしい、と正直に状況を説明したはずだ。少なくとも、こんなしたたかな文面を送ることはしない。唯一の救いは、したたか、と思う心が残っていることだ。

嬉しいね〜。一時間くらいで行けなくはないけど、なにかご褒美くれるの？

橋本が意味深な内容を送ってきた。

どうした？

水戸からも返信がきた。

ご迷惑でなければ、いまからお会いしたいなと思いまして。

水戸に返信——自分に呆れた。

ご褒美ですか？　考えておきますね！　では、お待ちしています。

橋本に返信し終わるのを見計らったように、真中からLINEがきた。中井と西田は、まだ既読になっていない。

こんばんは！　乃愛ちゃんからお誘いがあるなんて、明日は大雨だね（笑）

了解！　一、二時間で顔出すね！

橋本に続いて、真中も来店してくれる。

ありがとうございます！　とても助かります！　お待ちしています！

真中に返信した。

まだわからないけど、できるだけ行くようにするよ。

水戸からも返信がきた。

今夜、きてくだされば凄く助かります！

素早く文章を作り送信した。

次に乃愛は「ナイトアンジュ」のホームページをディスプレイに呼び出し、キャストブログを開いた。

今日、出勤してます。お時間のある方、お店に顔を出して頂ければ嬉しいです。

乃愛は、記事をブログに投稿した。個人のLINEのやり取りと違い、キャストブログは不特定多数の客が読む可能性があるので新規客の指名が入る可能性がある。

乃愛はホームページを閉じ、個室を出た。中牧をこれ以上待たせるわけにはいかない。

「あ、乃愛ちゃん、いたんだ。あのさ、VIPに超嫌な客がきててさ」

鏡の前でメイク直しをしていた七海が、しかめっ面を乃愛に向けた。

「すみません、お客さんを待たせているので、あとで話しましょう」

早口で言いながら、乃愛はトイレを出た。

「遅れてすみません」

「ずいぶん、長かったね」

中牧がご機嫌斜めの表情をした。

「トイレが混んでたので……。ごめんなさい」

乃愛は謝りながら、ソファに座る。自然に嘘が吐ける女になってしまった。

「謝ることはないよ。で、話は戻るけどさ、ハムスターってつがいで飼うと、めちゃめちゃ子供が増えるんだってさ。俺の知り合いの女の子が、海外旅行から二週間ぶりに帰ってきて実家に預けていたハムスターを受け取ったら、赤ちゃんが十匹も生まれてててびっくりしたんだって」

「びっくりですね」

相槌を打ちつつ、乃愛は膝上に置いたスマートフォンのディスプレイにそっと視線を落とした。中井と西田は、まだ既読になっていない。

「だろう？　だから、乃愛ちゃんも気をつけなよ」

「えっ？」

乃愛は、きょとんとした顔を中牧に向けた。

「ハムスターの赤ちゃんの話だよ」

中牧が怪訝そうに言う。

「あ、ああ……そうでしたね。気をつけます」

我に返った乃愛は、笑顔を取り繕った。自分は、いったい、なにをしているんだろう？

目の前に、大切な時間とお金を使って会いにきてくれている客がいるというのに売り上げの見込める別の客のことばかり考えている。キャストとして――いや、人間として失格だ。

不意に、花蘭の顔が頭に浮かんだ。

自分は、いつの間にか――。

心に浮かびかけた思いを、乃愛は慌てて打ち消した。

☆

「乾杯！」

橋本が赤ワインの入ったグラスを勢いよく宙に掲げた。

どこかで飲んでいたのだろう、橋本の顔はワインに負けないくらいに赤らんでいた。

恰幅《かっぷく》のいい身体を濃紺のスリーピースに包んだ橋本は、三十五という実年齢よりも十は上にみえた。渋谷でイタリアンレストラン、代官山でバー、恵比寿でカフェを経営している青年実業家だ。

「本当に、わがままを言ってごめんなさい」

乃愛はオペレーターのグラスを橋本のグラスに触れ合わせる。

水戸も真中も、橋本から十分遅れで来店していた。三人とも、顔を合わせないように離れた席に案内されている。

誰しも、自分の目当てのキャストがほかの客と親しげに話しているのをみたらいい気はしない。相当に店が混み合っていないかぎり、黒服は客同士がかち合わないような席に案内するのが暗黙の了解になっていた。

「まだ、本当のわがままを言ってないんじゃないのか？」

橋本が、悪戯っぽい顔で言った。

「えっ？」

「売り上げ、足りないんだろう？」

いきなりの直球に、乃愛は戸惑った。

「そのリアクションは、図星ってところだな。月末に、営業なんてしたことのない乃愛ちゃんが店にきてほしいだなんて、鈍い俺にだってわかるさ」

「すみません……」

「謝らなくていいって。逆に、人に頼らない乃愛ちゃんから頼られて嬉しいよ。とりあえず、ドンペリを入れてあげるよ」

「ありがとうございます」

乃愛は橋本の心遣いに胸が熱くなった。同時に、ドンペリの色を気にしている自分がいる。

　心遣いに感謝しているのか、それとも、使ってくれる金に感謝しているのか？　自分でも自分の感情が読めなかった。

「色のリクエストは？」

　心を見透かしたように、橋本が訊ねてきた。

　彩夢の客は二組が帰り、新たに二組が来店した。変わらず四組のままだ。

　乃愛も四組なので互角だが、彩夢とは四十万円の差がある。しかも、彩夢の客は太客ばかりで、三組のうち二組は二ヶ所あるＶＩＰルームに振り分けられていた。一般フロアで接客している乃愛には、彩夢の売り上げ状況がわからない。

「できるだけ……高いボトルが嬉しいです」

　一瞬躊躇したが、乃愛は思い切って口にする。図々しいと思われてもいい――嫌われてもいい。

　いま、ほしいのは「ナイトアンジュ」のナンバー1の称号――花蘭への挑戦権だった。

「おっ、言ったねぇ。じゃあ、その心意気に応えて、ゴールドを入れちゃおう！」

　大声で、橋本が言った。

「ありがとうございます！」

「少しでも、役に立てて嬉しいよ」

「少しどころじゃありません！　凄く、助かります！」

四十万円のボトル――大袈裟ではなく、追い風になる。乃愛は黒服を呼び、ドンペリのゴールドを注文した。

「乃愛さーん」

ラッキーが乃愛を抜きにきた。

「ボトルを入れて頂いたばかりで、ごめんなさい。すぐに、戻ってきます！　ボトルは私が戻ってからお願いします！」

乃愛は橋本に詫び、抜きにきたラッキーに言うと席を立った。

「十三番テーブル、水戸さんね」

ラッキーに頷き、乃愛はフロアを迂回した。

「あの、すみません」

ちょうどＶＩＰルームから出てきた七海に、乃愛は声をかけた。

「あ、乃愛ちゃん。どうした？」

「彩夢さん、ボトル入りました？」

前振りもなく、乃愛は訊ねた。

「え……あ、ああ……私がヘルプにいた間は入ってなかったよ」

「ありがとうございます！」

怪訝そうな顔で答える七海の横を、乃愛は早足で擦り抜けた。

「きてくれたんですね！　いきなりLINEなんてして、すみません」

乃愛は水戸に頭を下げ、席に着いた。

ロマンスグレイの髪、ハーフかと見紛う彫りの深い目鼻立ち、一目で素材の高級さがわかるモスグリーンのスーツ、ワインレッドのポケットチーフ——水戸は、外資系の商社で管理職をやっていると言っていた。

「ほかならぬ乃愛ちゃんのためだから、駆けつけたよ」

「……ありがとうございます」

乃愛は、顔前で手を合わせ小さく頭を下げる。自分の都合で呼び出したことに、乃愛は申し訳ない気持ちで一杯だった。

「乃愛ちゃんも、なにか飲みなよ」

白ワインのグラスを傾けながら、水戸が言った。

「ありがとうございます。すみません、オペレーターください」

「オペレーターって？」

水戸が訊ねた。

「白ワインをジンジャーエールで割ったものです」

「あ、キティの白ワインバージョン？」

「そうです！」

乃愛は、笑顔で頷いた。

「でも、どうしたんだい？　乃愛ちゃん、営業なんてしたことないのにさ」

水戸が不思議そうに訊ねてきた。

「いただきます」

運ばれてきたオペレーターのグラスを、水戸のワイングラスに触れ合わせた。

「今日が締め日で、目標の売り上げに足りないんです」

視線を感じる――隣のテーブルでヘルプに付いていた七海が、複雑そうな顔で乃愛をみつめていた。

彼女の表情がなにを意味しているのか想像はついたが、乃愛は意識を七海から逸らした。

いまは、目の前の水戸の接客に集中することが最優先だ。

「ノルマってやつ？」

「そうではないんですけど……」

「ノルマじゃないなら、目標ってなに？」

「ナンバー1になることです」

ラストまで、残り二時間強――躊躇している暇はない。

五秒、十秒……。水戸が、グラスを持つ手を宙で止めた。

引かれてしまったかもしれない。だが、それを恐れて遠慮している暇は乃愛にはない。

「……ようするに、売り上げが足りないから僕を呼んだ。そういうこと？」

乃愛は、水戸の眼をみつめたまま力強く顎を引いた。

一か八かの賭け――怒らせてしまうかもしれない。

「なんだか、いつもの乃愛ちゃんじゃないみたいで変な気分だよ」

「すみません。気を悪くさせてしまったのなら、謝ります」

「いや、気を悪くしたんじゃなくて、驚いただけさ。僕の知ってる乃愛ちゃんって、客にお金を使わせないイメージがあったからさ」

「いまでも、それは変わりません。ただ――」

複雑な気持ちで、乃愛は言った。自分の言葉に、嘘はない。だが、それが真実の姿かどうかは、もうわからなかった。

「ただ？」

水戸が続きを促した。

「今夜は水戸さんの知っている私ではいられないんです……」

自分の言葉が、ナイフのように心を刻む。こんなことを口にしている自分が醜く、卑しく、嫌で堪らなかった。

「つまり、僕にお金を使ってほしいってことだね？」

束の間、乃愛は沈黙する。

答えは決まっていた。だが、ふたたび頷くだけの勇気が乃愛にはなかった。

「君、シャトー・マルゴーを入れてくれるかな？」

不意に、水戸が黒服に言った。

「かしこまりました」

黒服が恭しく頭を下げ、席を離れた。

「二十万くらいの赤ワインじゃ、足りないかな？」

水戸が乃愛の表情を窺うように訊ねてくる。皮肉なのかそうでないのか、判別がつかない。

「と、とんでもありません。ありがとうございます！」

「君は、一万五千円のシャンパンを入れた客にも同じ気持ちで礼を言えるか？」

「あっ、はい」

「なにか、勘違いしてないか？」

瞬間、乃愛には水戸がなにを言っているのかわからなかった。

「感謝という意味を、取り違えてはならない」

「お客さんに感謝することは、間違っているんですか？」

乃愛は率直に疑問を口にした。

「いいや、間違ってはいないさ。ただ、感謝にもランクがあるということだ」

「ランク……ですか？」

「そう。キャバクラにおける感謝の質は、使う金額に比例しなければならない。エステやフィットネスジムだって、五万円のコースと五十万円のコースじゃ受けられるサービスが違うだろう？　キャバクラだって同じさ。一万五千円のボトルを入れた客と二十万円のボトルを入れた客にたいしての感謝が同じなら、みな、安いほうを選ぶに決まってるじゃないか？　客を差別するのはよくないけど、区別は必要だ。それが高い金を払って飲みにきてくれている客にたいしての礼儀だよ」

心臓を鷲掴みにされたような衝撃を受ける。

「正直、まだ、よくわかりませんけど、アドバイスをありがとうございます」

「いやいや、説教臭くなってしまったね」

水戸がバツが悪そうな顔になった。

「いいえ、私のことを思って言ってくださってることなので、とても嬉しいです」

「うん、区別だよ、区別」

水戸が頷きながら、繰り返した。

区別——。

乃愛には、わかっていた。

水戸に言われなくても、既に自分が客を区別し始めていることに。

「ずいぶん、ボトルが入ってるみたいじゃない？　僕がくる必要なかったんじゃない？」

乃愛が席に着くと、真中が皮肉っぽい口調で言った。

トレードマークの赤いタータンチェックのハンチングに、同じ柄のジャケット――真中は小説家だ。恋愛小説以外は疎い乃愛は、真中がベストセラー作家だということを桐谷から聞いて初めて知った。若作りをしているが、真中はたしか還暦を過ぎている。

真中の席に着くまでに、橋本が四十万円のドンペリのゴールド、水戸が二十万円のシャトー・マルゴー、中井が十八万円のドンペリのロゼを二本入れてくれた。

真中を含めて、五人の指名が入っていた。現在、彩夢は一組だけになっている。

今夜の営業前までの彩夢との差は四十万円――確信はないが、最低でも並んでいる手応えはある。彩夢に大量のボトルが入っている気配はない。少なくとも四十万円の差がさらに開いていることはないだろう。

閉店まで、あと四十分。乃愛がナンバー1になれるかどうか、真中に懸かっていた。

ここで高額なボトルが入れば、彩夢がどんなに頑張っても、乃愛の勝利がほぼ確定する。

「そんなこと、ありませんよ。きてくださって、凄く助かりました」

乃愛は真中に水割りを作りながら、礼を言った。

「ボトルを入れなくても、助かるのかい？」

真中が窺うように訊ねてくる。

「もちろんですよ」

乃愛は笑顔で即答する。嘘ではなかったが、入れてくれたほうがより助かる——口には、出せなかった。

こうしている間にも、時間はどんどん過ぎてゆく。

「小説を書くときって、何時頃が多いんですか？」

「決まってないよ。朝のときもあれば、昼のときもあれば、夜のときもある。小説家っていう生き物はね、時と場所を選ばずに書けなければならないんだよ」

水割りを舐めるように飲みながら、真中が語る。

「凄い精神力ですね。ドラマとか漫画で、編集者の人にホテルに閉じ込められて書かされている作家さんがいますけど、ああいうこと本当にあるんですか？」

「ああ、缶詰めのことだね。まあ、そういう状況にならなければ書けない人もいるけど、僕に言わせれば小説家失格だね。いまも言った通り、どんな状況でも書けるのがプロだからさ。そんなことより、ボトル入れなくてもいいのかな？」

真中が、試すような口調で訊ねてきた。

「アフターにつき合ってくれるなら、入れてもいいよ」

「アフターですか？」

困惑が顔に出ないように気をつける。既に橋本とアフターに行く約束をしていた。

「先約があるなら、そのあとでいいよ」

心を見透かしたように、真中が言った。

二件をかけ持ちとなると、終わるのは明け方になってしまう。それに、真中のことをよく知らないので若干の不安もあった。

「三時くらいからになってしまいますけど、締め切りのほうとか大丈夫ですか？」

「私は大丈夫だよ。君さえよければね」

口調こそゆったりしているが、真中が即答した。

ナンバー1を確実なものにするためには真中にボトルを入れて貰う必要がある。アフターのかけ持ちも仕方がない。

問題は、銘柄だ。
三、四万円のボトルなら、彩夢に引っ繰り返される可能性があった。であれば、既にアフターを約束している橋本にボトルの追加を――。
乃愛は、慌てて思考を止めた。

自分はいったいなにを考えているのだ？　いくらナンバー1になるためとはいえ、あまりにもひど過ぎる。たとえナンバー1になったところで、人間的には最低だ。

「アフターに、おつき合いします」

乃愛は賭けた。もう、ほかの指名客のアフターは入れられない。

これで負けたら仕方がない――とは思わない。

真中が入れたボトルで足りなければ、ほかの誰かに土下座してでも頼むつもりだった。

みっともなくても構わない。浅ましいと思われても構わない。

茉優の無念を晴らすために、絶対に、負けるわけにはいかない。

「ちょっと、君――」

真中が手を上げ、ボーイを呼んだ。

乃愛は眼を閉じ、いるはずのない神に祈った。

5

スタッフとキャストが勢揃いしたピンクの大理石のフロアに緊張が走った。

「これから、ベスト5の発表だ」

店長の桐谷の声に、まだ名前を呼ばれていないキャスト達の顔が引き締まる。

「第五位は、エミリ。三百二万五千円」

桐谷に読み上げられると、赤のショートドレスを着たエミリが悔しそうな顔をして立ち上がった。

「中間発表では四位だったので、ベスト5といっても喜べません。来月は、最後まで気を抜かずにベスト3入りを目指します！」

「今月の悔しさをバネにしろ。第四位は、智花。三百十八万七千円」

エミリとは対照的な満面の笑みで、小麦色の肌に黄色のドレスがよく似合う智花が立ち上がった。

「中間の五位からワンランクアップできたので、最高に嬉しいです！　来月もこの調子で気を抜かずに頑張ります！」

「そうだな。ベスト3は目前だ。頑張れ！」

桐谷が智花に活を入れた。

ソファに座る乃愛の鼓動が高鳴った。ここから、ベスト3の発表だ。

「第三位は杏里。六百三十六万七千円」

九頭身の杏里が、険しい表情で立ち上がった。

「中間発表のときに最低でも指定席の二位は取り戻すと言いましたが、有言実行できませんでした。入って一ヶ月目の新人に負けるなんて、自分に腹が立って仕方がありません。この悔しさを晴らすには、来月、ナンバー1になることしかありません。今度こそ、有言実行しますっ」

杏里の悔しさが、十分に伝わってくるスピーチだった。

「口ではなんとでも言える。必ず有言実行しろ！」

桐谷が叱咤すると、杏里が涙目で頷きながらソファに腰を戻した。

いよいよだ。心音が、激しく高鳴る。

――ドンペリのゴールドを入れて貰えるかな？

締め日のラスト二十分で、真中は四十万円のボトルを入れてくれた。

最後の最後で売り上げを伸ばすことに成功したが、安堵はできない。

彩夢もラスト三十分で何本かボトルが入っている。ナンバー1の行方はわからない。

皮膚感覚で言うと、負けている可能性が高い。正直、それまでは逆転できている手応えがあった。

閉店間際の彩夢の猛追でまったくわからなくなったのだ。恐らく、終盤のボトルラッシュは彩夢自身を安心させるための彼女の作戦だったのだろう。

不意に、二人挟んで右横に座る彩夢が乃愛に顔を向け、自信たっぷりの微笑みを浮かべた。

「じゃあ、いよいよ一位と二位の発表だ」

乃愛は眼を閉じた。

勝ちたい。どうしても、勝ちたかった。その代償として、寿命が縮まってもいい。

茉優の汚名を雪《すす》ぐために生きると決めた人生――勝ち続けなければ、生きる意味はない。

「第二位は彩夢。八百七十二万四千円」

桐谷が発表した瞬間、フロアにキャスト達のどよめきが起こる。

乃愛は眼を開け、天井を見上げた。緊張に強張っていた筋肉が、ゆっくりと弛緩してゆく。皮下を流れる血液が勢いを増したように感じられ、全身が熱くなった。

「嘘!?」「彩夢が負けたの?」「え? なにかの間違いでしょ」「彩夢が負けたなんて信じられない」「入ったばかりの新人が、いきなりナンバー1!?」「ありえないから!」

そこここで、キャスト達が驚きを口にした。

「彩夢、なにしてる? 早くスピーチしろ」

座ったまま立ち上がろうとしない彩夢を、桐谷が指名する。

渋々、彩夢が立ち上がった。

「おい? どうした?」

桐谷の問いかけに答えず、彩夢が唇を引き結び乃愛を睨みつけていた。

「早くスピーチを――」

「まぐれで一位になった彼女に、負けたとは思いません。あんたさ、客と枕したんでしょ!? じゃなきゃさ、あんたが私に勝てるわけないじゃん」

彩夢が眼尻を吊り上げ、吐き捨てた。

「まぐれも実力のうちだ。気持ちはわかるが、負け惜しみはみっともないぞ」

桐谷が彩夢を窘める。

「でも――」

「もういい。座れ」

反論しようとする彩夢に、桐谷が命じる。

不服そうにしながらも、彩夢が腰を下ろした。

「今月度の第一位は乃愛。八百九十五万三千円。前に」

桐谷が発表すると、ふたたびフロアがどよめく。

乃愛は席を立ち、桐谷の隣に立った。

「ナンバー1になれて、ほっとしています」

乃愛の第一声に、キャスト達がざわついた。

「詳しくは話せませんが、私にはナンバー1にならなければならない事情があります。ただ、お客さんと特別な関係になったりはしていません。さっきの言葉、取り消してください」

乃愛は、彩夢を強い光の宿る瞳で見据えた。

「はっ、あんた、なに調子に乗ってるの!?」

彩夢が気色ばんだ。

「私は、お客さんと疚《やま》しいことなんてしていません」

「口ではなんとでも言えるよね? まあ、いいわ。どうせ、三日天下なんだからさ。いまのうちに、最初で最後のナンバー1の座を愉しむといいよ」

彩夢が、挑発的に言った。

「おいおい、二人ともそのへんにしておけ。乃愛、おめでとう。新人でいきなりナンバー1なんて――」

「来月も、再来月も『ブリリアンカンパニー』の『夜姫杯』がある一年後まで、私はナンバー1を守ります」

乃愛は桐谷を遮り、力強く宣言した。

「この子、なに言ってるの!?」「ナンバー1になったら、急に強気になってない?」「乃愛ちゃんって、あんなこと言う子だったっけ?」「なんかさ、図に乗ってない?」「一年間もナンバー1で、いられるわけないじゃん」

乃愛に、非難の視線が突き刺さる――非難の声が突き刺さる。

「それから――」

言葉の続きを、乃愛は呑み込んだ。

第三章

1

「一年間通してのナンバー1は大変な快挙だぞ！　おめでとう！」

桐谷が拍手をすると、キャスト達が渋々、手を叩いた。

「入店して一度も負けることなく、一位を守り続けたのは偉い。お前を、誇りに思うよ」

桐谷が、ソファに座る乃愛に笑顔を向けた。

「ありがとうございます」

乃愛は、表情を変えなかった。一年前までなら、どうしていいかわからず、どぎまぎしていたことだろう。純朴な自分がいた日が、遠い昔のことのように思えた。

入店一ヶ月目で、それまで半年間一位だった彩夢を抜いて僅差でナンバー1になった。

入店二ヶ月目、二位の彩夢に百万円の差をつけた。

二ヶ月連続で負けたことが原因かどうかはわからないが、彩夢は「ナイトアンジュ」を辞めた。噂では、六本木のキャバクラに移籍したらしい。

その頃まではまだ、客に高いボトルを入れて貰うたびに良心の呵責を感じていた。ボトルを勧める自分に、嫌悪感を覚えていた。

三ヶ月、四ヶ月、五ヶ月……。ナンバー1の座を守り続けるうちに、罪悪感も嫌悪感も薄れていった。半年が過ぎた頃には、なにも感じなくなっていた。

いや、正確には、心の奥底に封印したと言ったほうが正しいのかもしれない。

「それから、みなに言っておきたいことがある。乃愛が言ったように、もっと意識を高く持て。乃愛にたいして、生意気とか図に乗ってるとか、中学生じゃあるまいしレベルが低過ぎる。明後日から始まる『夜姫杯』は、絶対に負けられない。みなも知っての通り、過去四年は『メビウス』の花蘭がナンバー1に輝いている。今年こそは、『ナイトアンジュ』の『イメージガール』も、四年間ずっと花蘭だ。今年こそは、『ブリリアンカンパニー』からナンバー1を出したいと思っている。いや、出さなければならない。いつまでも、『ブリリアンカンパニー』の顔を『メビウス』にさせてはおけない。だが、花蘭は十年、いや、もしかして、二十年に一人の逸材だ。俺が店長の間に、花蘭を倒せるキャストは現れないと諦めかけていた。だが、ようやく、花蘭を脅かせるかもしれないキャストが現れた」

桐谷は一年前よりさらに黒さを増した顔を乃愛に向けた。

入店してすぐの新人が彩夢を倒した噂は、歌舞伎町の同業者の間に広がった。他店のキャストが、乃愛を見たさに「ナイトアンジュ」に客として訪れる光景も珍しくなかった。客を装った他店のスカウトに好条件で引き抜きをかけられたことも、一度や二度ではない。

歌舞伎町の住人である花蘭と星矢が、乃愛の噂を知らないわけがなかった。もちろん、ポスト花蘭と囁かれている乃愛が、二年前に地下駐車場で詰め寄ってきた女性と同一人物だとは夢にも思わないだろう。

彼らが店を訪れることはなかった。ホストは出入り禁止なので、星矢が現れないのは仕方がない。花蘭は故意に無視をしているに違いなかった。視界にも入っていないとばかりに。

乃愛もまた、中途半端な形での再会は望んでいなかった。

明日の日曜日は「ナイトアンジュ」は定休日だが、「ブリリアンカンパニー」系列の五店舗の各ベスト5のキャストが集まり、「夜姫杯」の前夜祭が開かれる。

今回のコンテストの開催場所である「メビウス」で行われ、情報番組の取材陣やスポーツ新聞の記者も複数招待されているらしい。

嫌でも、前夜祭で花蘭とは顔を合わせることになる。歌舞伎町で「ポスト花蘭」と呼ばれる話題の新人キャストが、垢抜けない女と馬鹿にした二年前の女だと知ったら、どういう顔をするだろうか？

だが、驚きだけでは終わらせない。

彼女が四年越しで手に入れた地位、名誉、金を僅か一ヶ月で奪い取るつもりだった。

「不満なら、自分らの手で乃愛からナンバー1の座を奪い取ってみろ。俺は、花蘭さえ倒せて、『ナイトアンジュ』から『ブリリアンカンパニー』のイメージキャストを出せれば、誰がナンバー1になってもいいんだ」

桐谷が、不満げな顔をしたキャスト達を見渡しながら言った。

反論してくる者は一人もいなかった。

「じゃあ、最後に、コンテストの説明に入る。乃愛、汐音、花果、鈴穂《りほ》、葉月《はづき》の五人の中で、コンテストに出場経験のある者はいないからルールを教えておく。五人は明後日から『メビウス』に出勤だ。系列五店舗合わせて二十五人の選抜キャストが、月曜から土曜までの週六日のオープンからラスト――二十一時から二十五時まで同じ条件で出勤して一ヶ月の売り上げを競う」

「セット料金とかウチと同じですか？」

葉月が訊ねた。

「ああ、系列店の料金設定はすべて同じだ」

「ほかの店の子のお客さんを、奪ってもいいんですか？」

谷間を強調した、胸もとのざっくりと開いたチャイナドレスを着たナンバー2の汐音が、挑発的に言った。

「もちろん。指名替えはオーケーだ。逆に奪われないようにしろよ」

「あの、売り上げはどの店のスタッフが管理するんですか？」

汐音とは対照的な清楚な白いショートドレスに身を包んだナンバー4の鈴穂が、遠慮がちに手を上げる。

「各店舗の店長が日替わりで『メビウス』に出勤するから安心しろ」

乃愛は眼を閉じる。花果の質問する声が聞こえた。

無意味なこと——。「夜姫杯」は自分と花蘭だけの舞台で、ほかのキャストは脇役に過ぎないのだから。

花蘭のプライドも地位も名声もすべて奪う——。

呑み込んだ言葉を、心で紡いだ。

☆

明日の前夜祭に備えて、乃愛はアフターをせずに帰路を急いだ。

靖国通りを走ってくる空車のランプを点したタクシーに、乃愛は手を上げた。

「乃愛ちゃん」

背後から、声をかけられた。

振り返った視線の先——息を切らした七海が立っていた。

「ごめんね。時間取らせちゃって」

歌舞伎町の深夜営業のダイニングバーの個室——席に着くなり、七海が申し訳なさそうに言った。個室に入ったのは、客と鉢合わせるのを避けるためだ。

「いいえ、今日はまだ早いので」

乃愛は、微笑みを返した。

瞬間、七海の表情が哀しげになったのを見逃さなかった。なぜ、彼女がそういう気持ちになったかはわかっていた。

「私はビール、乃愛ちゃんは？」

七海は注文を取りにきたボーイに告げると、乃愛に訊ねた。

「ウーロン茶をお願いします」

「ソフトドリンク？」

七海が訊ね返した。

「はい。明日はテレビカメラも入るみたいなので、浮腫《むく》まないようにと思って」

「あ、そうか！　明日は、『夜姫杯』の前夜祭だもんね。ごめんね。そんな大事なときに誘っちゃって」

七海が、自分の頭を叩いた。

「平気です。私も、久しぶりに七海さんとお話しできて嬉しいです」

こうして七海と二人で向き合うのは、乃愛が「ナイトアンジュ」に入店して二ヶ月目から一度もなかった。

ほとんど、一年ぶりだ。

「でもさ、凄いよね。一年前はお酒も飲めなかったり、お客さんにボトルを勧めることもできなかったのに、いまじゃ不動のナンバー1だもんね。同僚として、誇りだよ！」

「ありがとうございます。私も、あの頃の自分が信じられないです」

「うん。あの頃もかわいかったけど、いまは、ファッション誌から飛び出してきたみたいに磨かれた美しさだよ！　ほんと、いまからでも遅くないから、モデル事務所のオーディションとか受けてみれば？」

「いえ、私なんて、まだまだ全然です」

謙遜したわけではなかった。「ブリリアンカンパニー」の広告に載っている花蘭の放つ圧倒的なオーラが、脳裏に焼きついて離れなかった。

「はぁ……。乃愛ちゃんがそのクオリティでまだまだだったら、私なんてどうなるんだっつーの。三十路を過ぎたヘルプ要員。ああ、凹むわ」

七海が、大袈裟に肩を落としてみせた。

「七海さんには、七海さんにしか出せない魅力があると思います」

「ありがとう！　そう言ってくれるのは、歌舞伎町にキャバ嬢多しといえども、乃愛ちゃんだけだよ。じゃあ、気を取り直して――」

ボーイが運んできたビールのグラスを、七海が宙に掲げた。

「乃愛ちゃんの年間ナンバー1を祝して、そして、『夜姫杯』の優勝の前祝として、かんぱーい！」

七海のグラスに、乃愛はウーロン茶のグラスを触れ合わせた。

「あー、やっぱ、一口目のビールは神だね！」

上唇についた泡を手の甲で拭い、七海がCMさながらに叫んだ。

「私、考えてみたんだよね。どうして、乃愛ちゃんがこんなに人気があるのかをさ。まずは、ビジュアル。美人さんっていうのはもちろんだけど、ポイントは幼さなんだよね」

「幼さですか？」

「うん。日本人男性ってさ、世界一のロリコン好きだから、ツンツンしたクールビューティーより、乃愛ちゃんみたいに垂れ目でほどよくほっぺがふんわかした顔立ちが人気なんだよね。で、小柄とかちょいぽちゃとかならまだしもさ、長身で手足が長くてスリムボディときちゃってさ、反則だよ、反則！」

七海が、乃愛に人差指を突きつけた。

「私よりきれいな人は、いくらでもいますから」

「ほらほら、それなんだよ、それ！　乃愛ちゃんが言うと、嫌味にも謙遜にも聞こえないんだよね。なんかさ、素朴な感じっていうの？　乃愛ちゃん、九州弁のイントネーションが少し混じってるから、たぶん、それがいいのかも」

七海がビールを飲み干し、白ワインを注文した。それもすぐに飲み干し、次は赤ワインを注文し、またすぐにグラスを空けた。まるで、自棄酒《やけざけ》のようなハイペースでグラスを重ねる七海の顔は朱に染まっていた。

乃愛の優れている点を並べ立てる七海の呂律《ろれつ》が怪しくなってきた。

「私のこと、そんなに褒めてくださってありがとうございます」

「褒めてないよ」

七海は据わった眼を乃愛に向け、吐き捨てるように言った。

「え？」

「お酒が飲めなくても、会話がへたでも、笑顔が強張ってても、垢抜けなくても、私は、前の乃愛ちゃんのほうがよかったよっ」

七海は、かなり酔っていた。酔っているからこそ、いまの彼女の言葉は本音に違いない。

「売り上げが、そんなに大事!?　ナンバー1になることが、そんなに大事？　いまだって、ずっと愛想笑いばかりだしさ。前の乃愛ちゃんが、懐かしいよ」

七海が呂律の回らない口調で乃愛にダメを出し、問い詰めた。

「売り上げは大事です。ナンバー1になることは大事です。前の私なんて、無力で、軽蔑すべき人間でしかありません」

乃愛は、ウーロン茶のグラスを虚《うつ》ろな瞳でみつめながら言った。

「もう、十分でしょう！　前のあなたに……」

「『夜姫杯』ではお客さんに、『ナイトアンジュ』以上にお金を使って貰います。前の私を求めているなら、もう二度と声をかけないでください」

乃愛は冷え冷えとした声で言い残し、テーブルに一万円札を置くと席を立ちドアに向かった。

「待って、乃愛ちゃん……」

「あなたの知ってる乃愛は、死にましたから」

そう、妹を救えなかった最悪な姉を、乃愛は殺した。

乃愛は足を止めず、個室を出た。

☆

十一ヶ月前――

「ナンバー1に乾杯！」

桐谷がビールのグラスを宙に掲げた。海をイメージした店内には高さ三メートル、横幅五メートル、奥行き二メートルの特大の水槽が設置されている。

「ナイトアンジュ」の営業終了後、乃愛は桐谷とともに恵比寿のバー「ラングレー」にきていた。歌舞伎町だと、ほかのキャストにみられてしまう可能性があるからだ。

夜中の三時近いというのに、店内はほぼ満席の賑わいようだった。

「ありがとうございます」

乃愛は桐谷のグラスにカシスオレンジのグラスを触れ合わせた。

「ほかの奴らには内緒だぞ。一人だけ飲みに連れ出したなんてバレたら、あとが大変だから」

陽灼け顔を綻ばせ、桐谷が肩を竦めた。

「いいんですか?」

「ああ。入店一ヶ月目でナンバー1になるなんて、快挙だからな。お祝いくらいはしてやらないとな。それにしても、まさか、いきなり彩夢を抜くとは思わなかったよ。面接のときにナンバー1になるって宣言したときは笑い飛ばしたけど、有言実行するとはな」

桐谷は感心したように言うと、オリーブを口に放り込んだ。

「まだ、有言実行していません」

乃愛は、すかさず言った。

「ん? ナンバー1になったじゃないか?」

「私が倒すと言ったのは、花蘭さんです」

「それ、本気だったのか？」

乃愛は、桐谷の眼を見据えつつ頷いた。

「そうか。まあ、実際に『ナイトアンジュ』のナンバー1にはなったわけだから、それを口にする権利はあるな。だが、まだ花蘭の背中さえ見えちゃいないぞ」

「わかってます。社長にも言われました。コンテストまでの一年間、一度もナンバー1の座を譲るなって」

「それで初めて、花蘭への挑戦権を手にすることができるってわけだ。なんといっても、相手は四年間無敗の怪物だからな」

桐谷が、ビールのグラスを片手に下唇を突き出した。

「花蘭さんは、どこがそんなに凄いんですか？」

乃愛は改めて訊ねた。

敵を知らなければ、戦いに勝つことはできない。

星矢の恋人としての花蘭について乃愛が知っているのは、傲慢で人を見下す女、ということだけ。キャストとしての花蘭には乃愛の知らない別の顔があるはずだ。

「まあ、彼女の魅力を言い出せばいろいろあるが、ほかのキャストにはない絶対的なものがある。それは花蘭が付いた客は例外なく全員が満足するってことだ。別の言いかたをすれば、花蘭にはどんなタイプの客も満足させられる話術、魅力がある。面接のときも同じようなことを言ったがな」

　乃愛には、苦手なタイプがいた。いわゆるオラオラ系の客や、シモネタばかり言ってくる客にはどう対応していいかわからなくなり、席を外されたことが何度かある。

「花蘭さんには、苦手なタイプのお客さんはいないんですか？」

「いるだろ」

「え？　でも、どんなタイプのお客さんでも満足させられるって――」

「苦手だと思っていたら、客にも伝わってしまう。高い金を払って遊びにきてる客が、そんなキャストと飲みたいと思うか？　吐き気がするほど嫌いな客でも、花蘭はそんなことをおくびにも出さずに接することができる。相手に合わせて我慢するってことではなく、彼女がイニシアチブを取ってコントロールするのさ。自分が主導権を握れば、そんなに嫌な思いをすることもないもんだ。どうした？　自信がなくなったか？」

　乃愛の表情の変化を見逃さずに、桐谷が訊ねてきた。

「いえ……」

　乃愛は言葉を濁した。

　花蘭のキャストとしての圧倒的な実績と実力を恐れてなどいないと言えば嘘になる。

　だがそれ以上に、花蘭にたいしての復讐心のほうが勝っていた。

「そもそもなんで、そんなにナンバー1に執着するんだ？　金を稼ぎたいとかじゃなくて、ナンバー1になりたいわけだろ?」

乃愛は頷いた。

「どうして?」

「言えません。すみません――」

乃愛は詫びた。

「謝る必要なんてないさ。言いたくないことは、誰にでもある。でも、もっともっと脱皮しないとな」

「脱皮ですか?」

「そう、脱皮だ。面接のときに比べて、僅か一ヶ月で嫌な女になった。だが、まだまだ人のよさが残っている」

「えっ?」

「花蘭には情というものがない。売り上げを伸ばすためなら、客の家庭が壊れようが破産しようがなにも思わない。もちろん、感謝もなければ後悔もない。二十四時間、三百六十五日、どうやって自分の虜にするか、骨抜きにするかしか考えていない。言いかたを変えれば、花蘭は客に金を使わせることに人生を懸けている。そんな彼女に勝つには、人間性を捨てなきゃならない」

乃愛は頷いた。

嫌な女になったと言われて、腹立ちもショックもなかった。それが花蘭を倒すために必要なことならば、いくらでも嫌な女になってもいい。

——乃愛ちゃん、最近、変わったね。

今日、ロッカールームで帰り支度をする乃愛に、七海が複雑そうな顔で話しかけてきた。

——えっ、どこがですか？

——入ったばかりの頃はさ、お客さんにボトルを勧めたりする子じゃなかったのに、最近は営業かけて店に呼んだりしてるよね？

——なにか、まずかったですか？

——まずくはないけど、お客さんにガンガン連絡して店に呼んで高いボトルを入れさせて。

——それがキャストの仕事ですよね？

悪びれたふうもなく乃愛が言うと、七海が驚いたように眼を見開いた。

胸の痛みから、眼を逸らした。目的を果たすためには、いままでの自分とは決別しなくてはならない。

——それはそうだけどさ……。ねえ、乃愛ちゃん、いったい、どうしたの？　なんだか、最近、あなたらしくないよ。

——私らしいって、なんですか？　七海さんが、私のなにを知ってるんですか？

思わず、語気が強まった。私らしい「私」は無力な姉——私らしい「私」では、茉優の仇を討つことはできない。

——気に障ること言ったなら、ごめんね。じゃあ、お先に。

乃愛の勢いに気圧《けお》された七海は謝り、ロッカールームをあとにした。


「アメリカのテレビドラマに出てくるヴァンパイアみたいに、人間性を捨てられるか？」

桐谷の声が、乃愛を現実に引き戻した。

「ヴァンパイア、ですか？」

乃愛は、訝しげに訊き返す。

「ああ、そうだ。冗談めかしたたとえを持ち出したのは、花蘭は人間じゃ倒せないほど凄い女だからだ」

桐谷が言葉とは裏腹に真剣な眼差しで乃愛をみつめる。

乃愛は力強く頷いた。

桐谷がふたたびビールのグラスを宙に掲げる。

「十一ヶ月後に誕生する新女王に乾杯だ」

乃愛はもう一度強く顎を引き、カシスオレンジのグラスを桐谷のグラスに触れ合わせた。

2

浅黒い肌にサイドを刈り込んだ短髪、筋肉質の身体を包むサーモンピンクのスリーピース——副社長の山城《やましろ》が「メビウス」のフロアに現れると、系列店から選抜されたキャストが一斉に立ち上がり挨拶した。

その瞬間、フラッシュの青白い光が明滅した。

白大理石の床、大理石の円柱、マリア・テレジア型のクリスタルのシャンデリア、エレガントな金の彫刻をあしらったシルク地のヴェネチアンソファ——「メビウス」の宮殿風の広大なフロアは、「ナイトアンジュ」同様に煌びやかで華やかな内装だった。

この中に、花蘭の姿はなかった。新宿西口のホテルで雑誌の取材を受けており、終わり次第、合流するらしい。

「ナイトアンジュ」「メビウス」「フロマージュ」「アンダルシア」「ジュテーム」から五人ずつ選抜されたキャストは、店ごとにテーブルが分かれていた。テレビカメラも入っている前夜祭ということもあり、キャストはそれぞれドレスアップしていた。

乃愛の着ている、ラインストーンがちりばめられた純白のフレアミニドレスは今日のために新調したものだ。リップラインで、大胆に胸もとを露出したデザインだった。

同じテーブルには、「ナイトアンジュ」のナンバー2の汐音以下、花果、鈴穂、葉月が座っていた。それぞれ、乃愛と同じように普段以上にドレスアップしている。

とくに汐音の真紅のドレスは、胸もとが臍《へそ》のあたりまでV字に切れ込み乳房の先端だけが隠れているといったように露出度の高いものだった。

ほかの四店舗のキャストは、ほとんどが知らない顔ばかりだった。

「『ブリリアンカンパニー』副社長の山城です。毎年恒例の系列店ナンバー1キャストを決める『夜姫杯』が、いよいよ明日から開催される」

山城がテレビカメラを意識して語り始めた。

「今回で、『夜姫杯』は五回目となる。みんなも知っての通り、第一回目から去年まで四年連続で花蘭が優勝している。『夜姫杯』の優勝者は賞金五百万を手にし、さらに『ブリリアンカンパニー』のイメージガールになる。ルールは単純明快、系列五店舗のナンバー5までのキャスト、総勢二十五人が明日から月末までの一ヶ月間で売り上げを競い合う。ここで、ナ選抜キャストの名前を読み上げるから、呼ばれたら前に出てくるように。店を代表して、ナンバー1のキャストが意気込みをスピーチしてくれ。因《ちな》みに、『メビウス』の花蘭は雑誌の取材で遅れて参加する。まずは、『フロマージュ』のナンバー5、一花《いちか》、ナンバー4、美里《みさと》、ナンバー3、セリア、ナンバー2、レオ、ナンバー1、音菜《おとな》。音菜の先月の売り上げは八百五十二万だ」

「フロマージュ」の五人が、特設ステージに並んだ。

「『フロマージュ』の音菜です」

ウエストにリボンのついた淡いピンクのミニドレス、セミロングの黒髪、垂れ目がちな大きな瞳——音菜は歌舞伎町のキャストにしては、清楚な雰囲気の女性だった。

アイドル好きな客にはウケそうな、美少女タイプだ。

「最大のキャバクラグループ『ブリリアンカンパニー』のコンテストで一位になるということは、日本一のキャストっていうことです。『フロマージュ』の代表として恥ずかしくない順位を取りたいと思います」

キャスト達が音菜に拍手を送った。

「次は、『ジュテーム』のナンバー5、美鈴《みすず》、ナンバー4、麗沙《れいさ》、ナンバー3、芽夢《がむ》、ナンバー2、翼《つばさ》、ナンバー1、アンミ」

山城に促され、「フロマージュ」の五人と「ジュテーム」の五人が入れ替わった。

「アンミの先月の売り上げは、九百二十五万だ」

山城の言葉に、キャスト達がどよめく。

どよめきの意味は、わかっていた。ナンバー1になるほどのキャストなら八百万円台を売り上げるのは珍しくないが、九百万円台となればそう簡単にはいかない。乃愛の売り上げも先月は八百万円台の後半で、一年のうちで九百万円を超えたのは三度しかない。

「はじめまして、かな？『ジュテーム』のアンミでーす！」

黒のロングヘアにエキゾチックな顔立ち、燃えるような真紅のショートドレス、リップラインの胸もとから零れそうな豊満な乳房――アンミは、日本人とスペイン人のハーフらしい。大人っぽくみえるが、歳は乃愛より一つ下の二十歳だ。ラテン系特有の陽気な性格と日本人離れしたグラマラスな肉体が、人気の理由に違いない。

「アンミ、愉しいこと大好き！『夜姫』になって、『ブリリアンカンパニー』のイメージガールになりまーす！　歌舞伎町中が、アンミのセクシーな看板だらけになるように頑張りまーす！」

弾ける笑顔で拳を突き上げるアンミを、微笑ましく感じている自分がいた。

乃愛はアンミの存在を頭にインプットした。彼女は要注意人物だ。

「次は、『アンダルシア』のナンバー5――」

山城が言葉を切り、視線をフロアの出入り口にやる。

フロアの空気が瞬時に張り詰めた。

乃愛は、山城の視線を追った。

ロングの巻き髪、褐色の瞳、フランス人形のような整った目鼻立ち――華やかなパールホワイトのゴージャスフリルのミニロングドレスを纏った花蘭が、優雅な足取りで現れた。

「きれい……」「あんなドレス、着てみたいな」「やっぱ、花蘭さん、素敵ね」「オーラが違うよ、全然」「みてみて、手足が長〜い」「しかも、顔ちっちゃ！　モデルみたい」「あ〜神様は不公平よね。私にも、花蘭さんの半分のプロポーションがあればいいのに！」

キャスト達が羨望と憧憬《しょうけい》の眼差しを花蘭に向けた。

花蘭は遅れたことを詫びるでもなく、悠然とした足取りで「メビウス」のテーブルに向かった。

肌が粟立った。二年ぶりの再会。一日も、忘れたことがなかった。夢にまで出てきた憎き顔を、忘れられるはずもなかった。

鼓動が高鳴り、皮下の血液の流れが速くなる。乃愛は膝上に置いた手をきつく握り締め、奥歯を噛んだ。

「『アンダルシア』のナンバー5、空《そら》、ナンバー4、レイラ、ナンバー3、愛《あい》、ナンバー2、光《ひかる》、ナンバー1、涼音《すずね》」

五人が特設ステージに並んだ。

「涼音の先月の売り上げは、九百五十六万」

アンミを上回る数字に、ふたたびフロアがざわつく。

ミルクティーカラーのロングヘア、こんがりと焼けた褐色の肌、切れ長の眼に捲《めく》れ上がった厚い上唇、胸もとと背中がざっくりと開いたキャミソールドレス——元メジャーギャル誌のモデルだった名残が、涼音のビジュアルから窺えた。

涼音が花蘭に次いで売り上げ額は二位に違いない。店が違うので単純に売り上げ額で力関係を比較はできないが、それでも目安にはなる。

乃愛は、涼音を観察した。彼女のどこが、秀でているのだろうか？

アンミに負けず劣らずのグラマラスな肉体からは、ギャル特有のフェロモンが溢れ出ていた。

「あたし、こういうスピーチっていうの苦手だけどさ、『夜姫杯』？　超自信あるから。花蘭さんが四年連続優勝してるんだっけ？　夜姫、涼音のほうが似合ってると思うから、絶対、勝つからさ」

涼音のスピーチに、キャストがざわついた。

「なにあの子？」「超生意気じゃない？」「感じ悪い子ね」「敬語くらい使えばいいのに」

嫌悪感を示すキャストの中で、花蘭は余裕の表情で微笑んでいた。

「アンミと涼音は要注意だ」

同じテーブルに座っていた桐谷が、不意に口を開いた。

「どうしてですか？　そんな、特別に凄いとは思えないんですけど。私のほうが、あの子達よりセクシーだと思いませんか？」

谷間を強調したドレスを纏った汐音が、自信満々に桐谷に訊ねた。

「アンミと涼音はセクシーなだけじゃなく、ハーフとギャルのキャラクターを徹底的に活かした接客で客の心を摑んでいる。強敵は、花蘭だけじゃないってことだ。さあ、次はお前の番だ。『ナイトアンジュ』不動のナンバー1を知らしめてこい！」

桐谷が、乃愛に活を入れた。

「次は、『ナイトアンジュ』のナンバー5、葉月、ナンバー4、鈴穂、ナンバー3、花果、ナンバー2、汐音、ナンバー1、乃愛」

山城に促され、乃愛達五人は特設ステージに向かう。

他店のキャストの視線が、乃愛に集まるのを感じた。花蘭は乃愛のことなど眼中にないとばかりに、同じ店のキャストと談笑している。

「乃愛の先月の売り上げは、八百七十八万三千円。因みに、乃愛は『ナイトアンジュ』に入店以来、一年間、一度もナンバー1の座を譲っていない。つまり無敗だ」

山城の補足情報に、花蘭が会話をやめて乃愛に視線を向けた。

「『ナイトアンジュ』の乃愛です。いま、副社長から紹介があったように、入店以来、一度もナンバー1の座を譲っていません」

各店のキャストが、食い入るように乃愛をみつめた。

「私は、この業界に入ってから二つの誓いを立てました。一つは、『夜姫杯』に参加するまでは誰にも負けないこと。二つ目は花蘭さんに初めて敗北を体験させることです」

乃愛は「メビウス」のテーブルに座る花蘭を見据えた。

キャストがどよめいた。

花蘭が、首を傾げ気味に乃愛をみつめていた。

記憶を辿っているのだろう。思い出せなくても、無理はない。あの頃は化粧もへたくそで服装も地味だった。

この一年間で変わったのは、メイクやファッションだけではない。

精神的に、別人のように強くなった。いや、もしかしたら、悪くなったと言ったほうが正しいのかもしれない。

それでも、構わなかった。

強さを得るために必要であれば、悪になることも厭わなかった。

「あと一ヶ月後に、花蘭さんは私の背中を見ることになるでしょう。みなさんも、愉しみにしていてください」

乃愛は、ふてぶてしく言い放った。

啞然とするキャスト達に一礼すると、乃愛はテーブルへと戻った。

「ナイトアンジュ」のキャスト達も、びっくりしたような顔で乃愛を見ていた。

「おいおい、いきなり宣戦布告か？」

桐谷が、茶化すように言いながら出迎えた。

「戦争ですから」

乃愛は、にこりともせずに返した。

そう、これは戦争──勝者だけが、歌舞伎町に生き残ることができる。

「最後に、『メビウス』のナンバー5、聖羅《せいら》、ナンバー4、ひより、ナンバー3、雅《みやび》、ナンバー2、卑弥呼《ひみこ》、ナンバー1、花蘭」

山城に促され特設ステージに向かう「メビウス」の五人は、いままでの店のキャスト達とは明らかに違う空気感を醸し出していた。

系列ナンバー1の売り上げを誇るプライドと余裕が、彼女達の表情や振舞いから窺えた。

「花蘭の先月の売り上げは一千二百三十一万九千円。これは、『ブリリアンカンパニー』の系列店だけでなく、日本中のキャバクラで一番の売り上げだろう。『夜姫杯』四連覇で通常営業でも四年間負けなしの絶対女王だ。さあ、前夜祭の締めのスピーチを頼む」

山城に紹介された花蘭が、特設ステージの前に歩み出た。

「『メビウス』の花蘭よ。今年の、各店舗のナンバー1は初めてみる顔の子ばかりね。まずは、『夜姫杯』参加おめでとう。ただし、優勝しようなんて夢は一ミリも持たないことね。ビジュアル、トーク、キャリア──どれをとっても、私とあなた達の間には圧倒的な開きがあるわ。あなた達にとって一番の不幸は、『ブリリアンカンパニー』に入ったことね。だって、一ヶ月後には心が折れるほどに私との実力差を思い知ることになるから」

花蘭の侮辱的なスピーチにも、誰一人文句を言わなかった。いや、言えない、というのが正しいだろう。

全身から溢れる自信――実績を残してきた彼女だからこそ、説得力がある。

ほかのキャストが同じことを言ったら、耳を貸すどころか猛反撃を食らうに違いない。

「とくに一年間ナンバー1を守り通したっていうあなた」

花蘭が、乃愛を見据えてきた。

「もしかして、勘違いなんてしてないわよね？『メビウス』の花蘭の背中がみえてきたとかさ」

花蘭が、唇に薄い笑みを湛えた。

「あなたに教えてあげるわ。私のいない店でたとえ十年間ナンバー1を続けても、なんの意味もないってことを」

花蘭の口もとから笑みが消え、鋭い視線が乃愛の瞳を射貫く。

乃愛も、花蘭の視線を真っ向から受け止めた。

☆

「お前、なにか悪いことをしたのか？」

「メビウス」のロッカールームのドアの前で、桐谷が訊ねてきた。

乃愛と桐谷は、前夜祭の途中で社長の北山に呼び出されたのだ。

「いえ、なにもしていません」

「なら、なんだろうな？　二人揃って呼び出されるなんてさ」

「とりあえず、入りません？」

「お前のほうが、よっぽど肚が据わってるな」

桐谷が肩を竦めてドアをノックした。

入れという北山の声が聞こえてから、桐谷はドアを開けた。

北山の隣に座る花蘭をみて、乃愛は息を呑んだ。

花蘭も驚いたふうに眼を見開いた。

「こんな子を呼んで、どういうこと？」

花蘭が気色ばんだ。北山にたいするタメ口を聞いて、二人が昔つき合っていたということを思い出した。

「とりあえず、座れ」

花蘭の問いかけを無視し、北山が乃愛と桐谷に正面のソファを指差した。

「早速だが、今回の『夜姫杯』について俺から提案がある」

北山が乃愛と花蘭を交互にみながら、言った。

「いったい、なんの提案――」

「『夜姫杯』で勝てなかったら、『ブリリアンカンパニー』を辞めて、歌舞伎町から去ってもらう」

花蘭を遮り、北山が言った。

桐谷と花蘭が、絶句した。

「突然、なにを言い出すの？」

我を取り戻した花蘭が、怪訝な顔を北山に向けた。

「いま、言った通りだ。これは乃愛からの申し出だ」

花蘭が、弾かれたように乃愛に視線を移した。

「おいっ、本当か？　どういうことなんだ？」

桐谷が、強張った顔で訊ねてきた。

「やっぱり、あなただったのね？」

花蘭が腕を組み、乃愛をみつめた。

「もしかして、とは思ったけれど、印象が変わっていたからすぐにはわからなかったわ」

「なんだ？　お前ら知り合いか？」

北山が花蘭に訊ねた。

「いいえ、前に、いきなり咬《か》みつかれただけよ」

「咬みつかれた？」

「この子の妹が星矢に弄ばれて捨てられたって、私達に絡んできたんだったわよね？」

花蘭が、薄笑いを浮かべつつ言った。

「覚えてくださっていて、光栄です。垢抜けない田舎娘のことなんて、忘れていたかと思いました」

乃愛は皮肉を返した。

「ずいぶん、きれいになったわよ。見違えたわ。あのときの冴えない女の子と同一人物とは思えないわよ。もしかして、どこかイジった？」

花蘭が小馬鹿にしたように言った。

「ところで、ホストに嵌まってた世間知らずの妹さんは元気？」

「自殺しました」

瞬時に、ロッカールームの空気が凍てついた。

北山と桐谷は、驚きを隠せなかった。

花蘭だけは一瞬、眼を見開いたがすぐに意味深な表情で頷いた。

「なるほどね。だから、復讐のために『夜姫杯』で負けたほうが歌舞伎町を去るなんて提案を社長にしたのね？」

「あなたを惨めな負け犬にするために、私は一年間、『ナイトアンジュ』でナンバー1の座を守ってきました」

一言一言、嚙み締めるように言いながら、乃愛は花蘭を見据えた。

「あなた、誰に喧嘩を売ってるかわかってるの？」

花蘭のとてつもないオーラが乃愛を威圧した。

だが乃愛も眼を逸らすことはしなかった。

挑戦者だとは思っていない。四年間無敗の絶対女王も、乃愛にとっては倒すべき敵でしかない。

茉優の無念を晴らすために、笑顔を捨てた。茉優の仇を討つために、心を捨てた。乃愛には失うものはなにもない。

「花蘭さんのほうこそ、いつまで『夜姫』を気取っているつもりですか？　姫って名乗るのも年齢的にきつくなってきたでしょうから、私が楽にしてあげますよ」

乃愛は、見下したように言うと鼻を鳴らした。

そんな乃愛を、桐谷がぽっかりと口を開けてみつめている。

「社長、一つ、訊きたいことがあるんだけど？」

花蘭が、乃愛に視線を向けたまま北山に訊ねた。

「なんだ？」

「彼女が私に条件を突きつけてきたのはわかるけど、あなたはなぜ、却下しなかったの？　万が一私が負けたとしても、私が『ブリリアンカンパニー』に莫大な利益をもたらす存在であることに変わりはないでしょう？」

「昔、ある男が一人の女から耐え難い屈辱を受けた。だが、男は誇りを捨てて利益を選んだ。こんな理由で納得か？」

北山は冗談めかしていたが、瞳は笑っていない。

「ああ、あのときのこと。社長も意外と、未練がましいのね。あなたのことが好きだったのは本当よ。でも、好きになった理由として、北山雅人《まさと》が『ブリリアンカンパニー』のトップだっていう事実が決め手になったのは否定しないわ。でも、それは星矢に乗り換えたのも同じような理由よ。彼が日本でナンバー1のホストじゃなければ、好きにならなかったと思うわ。だから、プライドが傷つく必要はないから」

腕と足を組み、社長である北山に上から目線でものを言う花蘭をみても、桐谷が驚かないのは、二人の関係を知っていたからに違いない。

「勘違いするな。プライドが傷ついたのは、お前が星矢に乗り換えたからじゃない。俺を踏み台にして目的を果たした途端にほかの男に乗り換えた女を、解雇できなかったからだ」

当時の屈辱を思い出しているのだろう、北山の眼に暗鬱な色が宿った。

「ああ、そうだったわね。でも、仕方ないわ。月に一千万以上を売り上げるドル箱キャストを手放すオーナーなんていないし、もしいたら経営者として失格よ」

花蘭が、眉一つ動かさずに言った。

「そうだな。あのときの俺は、経営者失格だった。売り上げを失うことを恐れて、コントロールの利かなくなった元彼女に頭を下げて引き留めるような弱腰じゃ、大実業家にはなれやしない」

花蘭を見据える北山は、自らに言い聞かせているようだった。

「なるほどね。それで、私の代わりが務まりそうなキャストが現れたから、強気になって追い出そうとしているわけだ？　ずいぶん、都合のいい男ね」

「社長にたいしてキャストのお前がそういう口を利くようになったのも、俺の責任だ。どう思われようが構わない。俺は今回の『夜姫杯』で、自分の過去を清算すると決めた」

「あなたのほうこそ、勘違いをしてるわ。過去を清算するには、その子が私に勝たなければならないってこと、忘れてない？　いいわ。現実をみせてあげる。あなたが私の代わりに育てようとしているその子が、無様に負けて歌舞伎町から去る姿をね」

花蘭が高笑いし、視線を北山から乃愛に移した。

「乃愛ちゃんだっけ？　先に、謝っておくわね。憐れな妹さんの仇を討たせてあげられなくてごめんなさい、って」

ふたたびの高笑いを残し、ロッカールームをあとにする花蘭を、乃愛は燃え立つような瞳で睨《ね》めつけた。

3

明日から一ヶ月間、年に一度の「夜姫杯」が始まります。過去四年は、すべて花蘭さんが優勝しました。私、どうしても「夜姫杯」で優勝したいので、少しでもいいので顔を出して頂ければ嬉しいです！　営業メールは好きじゃありませんが、中井さんだから特別に甘えちゃいました（笑）。中井さんの力で、私を「夜姫」にしてください！　場所は「ナイトアンジュ」ではなくて「メビウス」なので、お間違いなく！　※中井さんに似合うネクタイを選びました。

新宿の十畳のワンルームマンション——乃愛は家にいるときの定位置のソファに座り、LINEを送信した。

築十二年、西新宿の方南通り沿いにあるマンションの家賃は十三万円。フローリングのスクエアな空間には、30インチのテレビ、コンパクトタイプのドレッサー、シングルベッド、2ドアの冷蔵庫があるだけだった。

月に三百万円前後の給料を稼ぐようになった乃愛は、芸能人が住むようなタワーマンションのペントハウスの家賃でも払えるし、100インチのテレビも高価な調度品も揃えることができるが、興味はなかった。

節約しているわけではない。

贅沢な暮らしをしたくて、夜の世界に入ったのではない。

部屋とは違って人の眼に触れるドレス、美容、装飾品に金をかけているのは、セレブを気取りたいのではなく目的を果たすためだ。

美しい花には、蝶や蜂が群がる。

乃愛は、誰よりも美しく咲く必要があった。

花蘭よりも華やかに——。


乃愛は、二十五件目のＬＩＮＥメッセージの作成を始めた。

スマートフォンのディスプレイのデジタル時計は、午前零時を回っている。「前夜祭」が終わり自宅に戻ってきた乃愛は、ドレス姿のままソファに座り二時間近くＬＩＮＥを送り続けていた。

コピペした文面に、名前とプレゼントだけを入れ替えて送信することを繰り返した。

「ナイトアンジュ」に入店したての頃は、客ごとに文面を変えていた。それが礼儀だと思っていた。

だが、二十人、四十人、六十人と出す相手が増えてゆくうちに、個別に文章を書く時間が物理的に取れなくなってしまった。

午前一時に営業が終わり、ほぼ毎日アフターなので、帰宅は早くても三時、かけ持ちのときはサラリーマンの出勤時間になることも珍しくはない。早く帰宅できても、メイクを落としシャワーを浴びて一息ついた頃には空が白み始めてくる。翌日も指名客との同伴があるので、午後三時には起きて支度をして六時には新宿に到着しなければならない。

最初のうちは、コピペしたLINEを送ることに罪悪感を覚えていた。だが、仕事に忙殺されていくうちに、指名客が増えてゆくほどに、疚しさを感じなくなった。

LINEだけではない。一本何十万円もするようなシャンパンやワインを入れて貰っても、新人の頃のように胸に痛みを感じることはなくなった。

――あんたみたいな綺麗事ばかり言ってる世間知らずの女、マジでムカつくんだよねっ。キャバ嬢なんて、客にいくら金を落とさせるかがすべてなのよ!

一年前の彩夢の怒声が脳裏に蘇る。

あのときは、理解できなかった。受け入れられなかった。なんてひどいことを言うのだろう、と怒りさえ覚えた。

いまは違う。

客の使う金が、いつの間にか単なる数字になってしまっていた。ゲームの中のポイントのように、勝つために増やし続けるだけだ。プレゼントを渡す口実で客を呼び、その何十倍もの金を使わせる。

生菓子など、賞味期限の短い食べ物を用意し、期限内に店に顔を出させるテクニックも覚えた。

そんな浅ましい手を使っても心が痛まなくなったのは、いつ頃からだろうか？　ナンバー1獲得を重ねるほどに、自分が汚れた人間になってゆくような気がした。

もともと、清廉潔白だったと言う気はないが、少なくとも茉優と暮らしていた頃は、人の心の痛みをわかろうと努力していた。

不動のナンバー1キャストの称号と引き換えに、良心を手放してしまった。

後悔はない。

――もしかして、勘違いなんてしてないわよね？　「メビウス」の花蘭の背中がみえてきたとかさ。

脳裏に蘇る花蘭の声が、乃愛の心を冷やしてゆく。

――あなたに教えてあげるわ。私のいない店でたとえ十年間ナンバー1を続けても、なんの意味もないってことを。

脳裏に蘇る花蘭の声が、乃愛を非情な女へと駆り立ててゆく。

花蘭を倒すために悪魔に魂を差し出さなければならないというのなら、喜んでそうしよう。

乃愛は、一切の感情が窺えない冷え冷えとした眼をディスプレイに落とし、淡々と文字キーをタップした。

4

「ありがとう！　嬉しいな。乃愛ちゃんが俺のためにネクタイを選んでくれるなんてさ。どう？　似合う？」

中井が満面に笑みを湛え、「GUCCI」のGGパターンシルクジャガードネクタイを胸もとに当てた。

「とても。無難にネイビーとかグレイとかもあったんですが、陽に灼けていらっしゃるのでピンクが似合うと思いまして」

乃愛は微笑み、ピンクの気泡が弾けるシャンパングラスを傾けた。

ネクタイは二万円を超えるものだが、中井は来店して十分で三十万円のシャンパン――アルマンドブリニャックのロゼを入れていた。高級シャンパンの代表はドンペリだが、アルマンドブリニャックは同じロゼでも十万円くらい高く、キャストの間で人気が高まっている。

阿吽《あうん》の呼吸――。中井は、乃愛が「ナイトアンジュ」に入って最初の指名客であり、北山の友人でもあった。

今日からの一ヶ月間が、乃愛にとってどれほど大切かを中井はわかっていた。自分が、なぜ呼ばれたのかも。

三人の友人を引き連れ一本指名をしてくれたのも、すべては乃愛の売り上げに貢献するためだ。

「いやいや、でも、あのときのお酒も飲めない初心な子が、こんなに立派なナンバー1になっちゃって」

中井が、懐かしそうに眼を細めて乃愛をみつめた。

「最初のお客様ですものね。なんだか、恥ずかしいです」

乃愛はイントネーションの強弱を意識した。

「その訛った感じ、相変わらずいいね」

「え？　気をつけているのに、訛ってました!?」

乃愛は瞬きの回数を増やし、驚いてみせた。

気をつけていたのは事実だが、訛らないように、ではなく、その逆だ。

入店当時は無意識に訛っていたが、接客をこなしてゆくほどに標準語のイントネーションになってしまっていることを、乃愛は認識していた。

北山や七海だけでなく、数えきれないほどの客に褒められてきた訛り——武器を失うわけにはいかない。

「うん、訛ってた。そういうとこ、かわいらしいよ」

「……ありがとうございます」

乃愛は照れ笑いしながら、さりげなく視線を巡らせた。

「メビウス」がオープンして約一時間、中井以外に、水戸と西田という入店当初からの顧客二人がきてくれていた。

中井が来店する前に二十分ずつ席に着いているうちに、水戸は七万円のクリュッグ、西田は六万円のベルエポックのシャンパンボトルを注文してくれた。

「わあ、私もスペードマークのシュワシュワ飲みたーい！」

通路を挟んだ向かいの席から、嬌声が聞こえてくる。黒のロングヘアにエキゾチックな顔立ちのアンミが、乃愛のテーブルのシャンパンクーラーに差された、アルマンドブリニャック・ロゼのボトルを指差した。

アンミは「ジュテーム」のナンバー1で、日本人とスペイン人のハーフだ。昨日の前夜祭のときと同じ真紅のショートドレスの胸もとには、深い谷間が刻まれていた。

「いくらなの？」

アンミの客が、不安げな顔で訊いていた。

「ねえねえ、三十万だよね!?」

アンミが口もとに両手でメガホンを作り、大声で乃愛に訊ねてきた。

「そうです」

乃愛は、微笑みながら答えた。

ラテンの陽気な気質のせいか、人懐っこいアンミの言動は憎めなかった。

「え!?　三十万なんて、高過ぎるよ——」

アンミの客の顔が強張った。

「じゃあさ、ロゼじゃなくて安いほうのブリュットでいいからさ!」

アンミが無邪気に食い下がった。

彼女の強みは、ほかのキャストが言ったら怒らせたり引かれたりすることでも、許されるような雰囲気を醸し出しているところだ。

「それだといくらなの?」

「二十万!」

早押しクイズのようにアンミが即答した。

「え〜あんまり変わらないよ……」

「乃愛ちゃんのシュワシュワより十万も安いんだよ!　アンミって、おゆくかしいでしょ?」

「それを言うなら、おくゆかしいだよ。意味わかってる?」

苦笑いしながら、アンミの客が言った。

「負けたよ。ボーイさん呼んで」

「中山《なかやま》さん、大好き！」

「あのハーフっぽい子、面白いな」

客に抱きつくアンミを見て、中井の連れの一人——飯島《いいじま》が笑った。

「お前は乃愛軍団だから、浮気はだめだぞ」

中井が飯島を軽く睨みつけた。

さっきまで綻んでいた乃愛の口もとから、笑みが消えた。

アンミの天然の勢いは侮れない。さすがは九百万円超えの売り上げを叩き出すだけのことはある。アンミにはほかに、一組の指名客もきている。

花蘭ばかりに気を取られていたら、足を掬われてしまう。

「乃愛ちゃんの最初の頃って、そんなにイメージ違ったの？」

太鼓腹でスーツのボタンが弾けそうな野田《のだ》が、中井に訊ねた。飯島も野田もＩＴ関係の会社を経営しているらしい。

「全然違った。たしか、ストロベリースムージーとか飲んでいたよね？　第一印象は、キャバ嬢っぽくない子だなって感じだったよ。当時、彩夢ってナンバー1のキャストのヘルプで付いてたんだけど、彼女は高いボトルを入れさせようとしているのに、乃愛ちゃんがモエシャンでいいですって、一番安いシャンパンにしたりさ。ほんと、カルチャーショックだったな」

「すっかり夜の色に染まって、ガッカリですか？」

乃愛は本音半分、冗談半分で訊ねた。

「いやいや、プロっぽくなった乃愛ちゃんも魅力的だよ」

「とりあえず、信じておきますね」

こんな気の利いた返しも、あのときはできなかった。

一年前に比べて、語彙の数は飛躍的に増えた。そのぶん、言葉に乗せる思いは減った。ただ、それを悟られないだけの話術を身につけただけの話だ。

「すみません。トイレに行ってきます」

乃愛はシャンパングラスに名刺を置き、席を立った。

用を足したいわけではない。ほかのキャストに付く客の様子を確かめるのと、フロアの客に自分の姿をみせるのが目的だった。

キャバクラには、本指名するキャストのいる客ばかりではなくフリー客も多い。トイレを往復している姿を見初めたフリー客が、場内指名を入れてくれる場合も珍しくない。場内指名で呼ばれた席で客を虜にして、次は本指名を取るというのができるキャストの常套手段だ。

もちろん、乃愛が狙っているのはフリー客ばかりではない。

トイレに続く通路を、乃愛はスマートフォンをイジるふりをしてゆっくりと歩いた。

「フロマージュ」ナンバー1の音菜の客が、乃愛を視線で追った。

擦れ違い様に素早くチェックした。年齢は三十代後半から四十代前半、腕時計は二百万円弱のフランク・ミュラーのロングアイランド、スーツはヒューゴ・ボス——出で立ちから判断すると、そこそこに金回りはよさそうだった。

フロアにいる客のことを値踏みするようになった自分に、最初は戸惑った。だが、かぎられた時間で売り上げを競う仕事なので、無駄に過ごさないために必要なことだった。

乃愛は、性格がよくても一時間で二万円しか使わない客ではなく、性格が悪くても二十万円使う客を選ぶ。

清楚タイプの音菜に合わせて、乃愛は控え目にその客に会釈した。

派手なタイプのキャストを指名している客にたいしては、もっと大胆に微笑みかける。指名が取れるキャストになるにはビジュアルがいいだけでも会話ができるだけでもだめだ。客がどんな性格の子が好きかを瞬時に見抜く洞察力と、好みに合わせて接客できる応用力が必要だ。

音菜の客が表情筋を弛緩させ、乃愛をみつめた。

あえてそれ以上のアクションは起こさず、乃愛はトイレに足を向けた。

「あたしを落としたいなら、ロゼなんてせこくね？　ゴールドくらい入れなよ」

ゴールドという言葉に反応した乃愛は振り返った。

小麦色の肌にオレンジのキャミソールドレスがよく映える涼音が、紫煙をくゆらせながら客に詰め寄っていた。

「入れたらさ、なにかご褒美あるの？」

気弱そうな小太りのサラリーマンふうの客が、遠慮がちに訊ねた。

「はぁ!?　てめえ、なに言ってんの？　ゴールド一本くらいで、あたしとエッチできると思ってるわけ？　涼音のこと好き好き言うならさ、口ばっかじゃなくて、行動でみせてみなよ。ご褒美とかなんとかは、そっから先の話だって」

ミルクティーカラーのロングヘアを掻き上げながら、涼音が高圧的に言った。

切れ長の眼尻に捲れ上がった厚い上唇——涼音のようなギャルが好きなマゾっ気のある客は意外に多い。ホストクラブで言えば、オラオラ営業に弱い女性客のようなものだ。

「あ、ごめん、そういう意味じゃなかったんだよ」

「そんなことどーでもいいからさ、気持ちみせてみ？」

涼音が腕組みをした。V字に切れ込んだ胸もとから零れ落ちそうな水着跡のついた豊満な乳房に、客の視線が釘づけになった。

もちろん、それを計算して腕組みをしたのだ。

「なにガン見してんの？　パイズリとか想像してんじゃねーの？」

「い、いや……僕は別に……」

「涼音のパイズリ、超気持ちいいらしいよ」

さらっと言うと、涼音が悪戯っぽく笑った。客の顔が、みるみる朱に染まる。涼音が「ブリリアンカンパニー」で、花蘭に次ぐ売り上げだという理由がわかったような気がした。

高圧的で生意気な言動の中に、挑発的な言葉を織り交ぜる。だからといって、涼音が枕営業をしているとは思えない。涼音の接客は少しみただけだが、客になにかを期待させるテクニックが秀逸だった。

「じゃ、じゃあ、ゴールドを入れるよ」

うわずる声で客が言うと、涼音は唇の片端を吊り上げ黒服を呼んだ。

難なく四十万円のボトルをゲットした涼音。恐るべしだ。

フロアに花蘭の姿はない。

乃愛が把握している情報では、現時点での花蘭の客は三組で、それぞれ三ヶ所あるＶＩＰルームに振り分けられているらしい。

花蘭の接客ぶりが気になったが、乃愛にはフロアの客しかいないので窺うことができない。

「ナイトアンジュ」もそうだが、ＶＩＰルームはセット料金に一万五千円がプラスされる。金回りがいい客であっても、みながみなＶＩＰルームに行くとはかぎらない。ＶＩＰルームを好む客は面が割れている有名人か優越感に浸りたいタイプで、いろんな女の子を鑑賞したいタイプは見渡しやすいフロア席を好む。中井もどちらかといえば後者のタイプなので、

ＶＩＰルームに移ることをせがめない。

乃愛は水戸と西田のテーブルに視線をやった。

「夜姫杯」では、コンテスト参加者の二十五人以外にヘルプ専属のキャストを用意している。参加者は売り上げが見込める客にしか付けないからだ。

指名キャストが別のテーブルで接客しているときに、客を一人にするわけにはいかない。

「すみません」

乃愛は、黒服を呼び止めた。

「なんでしょう？」

「水戸さんの女の子、別のヘルプさんにチェンジしてください」

「かしこまりました」

水戸の席に着いているヘルプは会話が苦手のようで、遠目からでも水戸の退屈そうな雰囲気が伝わってくる。

自分がほかの席に行っている間に、帰られたら困る。一時間でも長く客を繋ぎ留め、売り上げを伸ばさなければならない。

「ビジュアルより、会話ができる子をお願いします」

黒服に言い残し、乃愛は男子トイレ前の通路の壁に背を預け、ＬＩＮＥをチェックした。

昨夜営業をかけた八十人のうち、今夜来店できると返事がきているのは五人だ。ここ三ヶ月の間に顧客になった菊島《きくじま》と大石《おおいし》は既読にはなっているが、レスポンスはない。

二人は中井と並んで乃愛の数多い指名客の中でもビッグ3の太客だ。菊島は三十代のイベント会社社長で、大石は美容形成外科病院の院長。ふたりとも、月に二回ほどしか顔を出さないが、一度に最低でも五十万円以上は落としてゆく。

菊島も大石もノリがいい日は、単価が百万円を超えることも珍しくはない。

「夜姫杯」で優勝するには、どうしても必要なふたりだった。

男子トイレに入ろうとした客が、乃愛を認めて足を止める。音菜の席にいた客だ。

乃愛は気づかないふりをして、スマートフォンのディスプレイをみつめていた。

「ねえ、名前、なんて言うの?」

「……私、ですか?」

乃愛はいま、初めて気づいたふりをした。

音菜の客が頷いた。

「『ナイトアンジュ』の乃愛です」

「俺、坂井《さかい》って言うんだ。よろしく。君が入店以来一年間ナンバー1の、噂のキャストだったんだ」

音菜の客——坂井の瞳が輝いた。

「いえ、たまたま、運がよかっただけです」

運だけでは、ナンバー1になれても一度くらいのものだ。二十四時間三百六十五日のほとんどを店と客に捧げるくらいの覚悟がなければ、一年間通してトップの座を守り抜くことはできない。もちろん口には出さず、乃愛ははにかみ俯《うつむ》いた。

「歌舞伎町のナンバー1のキャバ嬢のイメージと、いい意味で全然違うね。ねえ、乃愛ちゃんも『夜姫杯』に参加してるなら、明日とか指名してもいいんだよね？」

意外に早く思った通りの展開になってきたが、ここからが肝心だ。

「キャバクラは銀座のクラブみたいに永久指名ではありませんが、音菜さんに悪いです。『夜姫杯』は、年に一度のコンテストですから」

乃愛は微笑みを湛えながら、いつもよりゆっくりめの口調で言った。

「乃愛ちゃんって、本当にいい子だね。まあ、決めるのは俺だからさ。それとも俺が指名しても断るわけ？」

「いいえ、そんな失礼なことは……」

乃愛は言い淀み、俯いた。

「じゃあ、またね」

坂井は言い残し、トイレに入った。

シナリオ通りに事が運んだにもかかわらず、乃愛の心は晴れなかった。卑しい自分に、自己嫌悪を覚えた。

茉優のため？　茉優の仇を討つため？　また、その大義名分で正当化するつもりか？　どこまで汚れれば、気が済むのか？　こんなに変わり果てた姉を見て、妹が喜ぶと思っているのか？

喜ばなくても構わない。軽蔑されても構わない。

茉優を殺した花蘭と星矢を、地獄に落とすまでは終わらない。

自分の地獄は――。

中井のテーブルに戻ろうとした乃愛は、黒服が運ぶバカラのクリスタルボトルを見て足を止めた。トレイに載っている酒はブランデーの王様――ヘネシーリシャール。一本百八十万円する超高級酒で、「ナイトアンジュ」で働いた一年間でも注文が入ったのをみたことがない。

「すみません。それ、どこのテーブルのボトルですか？」

乃愛は平静を装い、訊ねる。とてつもなく嫌な予感がした。

「ＶＩＰの花蘭さんのテーブルです」

黒服の声が、鼓膜からフェードアウトした。

この一本だけで、中井、西田、水戸が入れたボトルの四倍以上の売り上げだ。これが四年間無敗の絶対女王の実力なのか？

「いらっしゃいませ」

黒服の声に振り返った乃愛は、菊島の姿に眼を見開いた。

レスポンスがなかったので、今日は諦めていた。乃愛にも、追い風が吹いてきた。

「菊島さん――」

「いらっしゃい、待ってたわ」

乃愛の声を、別の声が遮る。振り返った乃愛の視線が凍てついた。

「あら、ごめんなさい。菊島さんは、私に会いにいらしたのよ」

花蘭が、勝ち誇った顔で歩み寄ってきた。

「どうして――」

頭の中が白く染まり、言葉が続かなかった。

「菊島さん、先にいつものＶＩＰルームに行っててくれる？」

菊島が頷き、擦れ違い様に乃愛に両手を合わせてＶＩＰルームへ消えた。

「同じ歌舞伎町なんだもの、お客さんが被っていても不思議じゃないでしょう？　それとも菊島さんが、自分一人のお客さんだと思ってた？」

放心状態で立ち尽くす乃愛に、薄笑いを浮かべながら花蘭が言った。

「怒らないであげてね。菊島さんも、身体が一つだからどちらかを選ばなきゃならなかったんだから。それに、仕方ないわよ。エルメスのバッグとノーブランドのバッグの二者択一だったら、どっちを選ぶか決まってるでしょう?」

「私が……ノーブランドのバッグだと言いたいんですか?」

干涸《ひから》びた声で乃愛は訊ねた。

「そのたとえが不満なら、薔薇と美しさを競えると勘違いした雑草と言ってあげましょうか?」

花蘭が小馬鹿にしたように言うと、鼻で笑った。

「思い上がらないでちょうだい。レベルの低い店で一年間ナンバー1だったからって、私と対等になれたつもり? 私にとってのあなたは、あのときの垢抜けない田舎娘のままよ」

冷え冷えとした声で言い捨て、花蘭が踵を返した。

乃愛は拳を握り締め、VIPルームに向かう花蘭の背中を見送るしかなかった。

☆

午前三時十分。中井とのアフターを終えた乃愛は、「メビウス」のロッカールームに戻ってきていた。ほかのキャストはアフターに行ったり、既に帰宅していて、誰もいない。フロアで掃除をしている黒服がふたりいるだけだった。

乃愛はホワイトボードの前に佇み、マジックで書かれた初日のランキングをみつめた。

1位　花蘭（メビウス）　3、205、000
2位　涼音（アンダルシア）　1、028、000
3位　乃愛（ナイトアンジュ）　884、000
4位　アンミ（ジュテーム）　806、000
5位　音菜（フロマージュ）　461、000

ベスト5は各店のナンバー1キャストで占められていたが、花蘭がぶっちぎりの一位だった。

通常営業なら、五位の音菜の数字でも、十分に凄い金額だ。乃愛にしても、「ナイトアンジュ」での一日の売り上げの平均は三、四十万円なので倍以上を記録していたが、それでも三位だった。

花蘭の数字に至っては、通常の店のナンバー1が月に売り上げる額の三分の一に匹敵する。

「レベルの高さに愕然としているって感じだな」

いつの間にか入ってきた北山が乃愛の隣に並んだ。

「あ、お疲れ様です」

「慰めるわけじゃないが、一日で九十万近い数字を挙げてるんだから大健闘だ。それでも三位なのは、仕方がないさ。『夜姫杯』のランキングに入っている五人は、日本でもトップクラスのキャストだからな」

北山の慰めるような物言いが、悔しくて堪らなかった。

「花蘭さんのこと、甘く考えてました。自分が、情けないです」

本音だった。正直、初日からここまで差をつけられるとは思っていなかった。

「花蘭は、もう五回目の参加だからな。単純に、一年生のお前とは顧客の数も違うし、関係性の深さも違う。四年間の重みってやつかな。だが、初日から三位につけているのは胸を張ってもいい」

北山が自分の健闘を讃えてくれるだけ、惨めな気持ちになった。

「花蘭との賭けは、気にせずに戦え。全力でぶつかった結果負けたとしても、恥じることはない」

「――やめてください」

押し殺した声で、乃愛は言った。

「え?」

「私は、社長のために戦っているんじゃありません。『夜姫杯』で負けるわけにはいかないんですっ」

乃愛は北山を強い光を宿す瞳で見据えた。

「たとえどんな手段を使っても、私が一位になってみせますから」

「お前——」

乃愛の迫力に、北山は二の句が継げなかった。

「失礼します」

なにか言いたげな北山に背を向け、乃愛はロッカールームのドアに向かった。

第四章

1

「夜姫杯」も二週間が過ぎ、折り返し地点を迎えていた。

オープンして二時間——乃愛の指名客は三組きていた。

「なんかさぁ、『メビウス』で乃愛ちゃんと飲むなんて、変な気分だよ」

身長百六十センチで体重が百キロ近くある村木《むらき》が、額と鼻の頭に玉の汗を浮かべつつ焼酎の水割りを啜った。

高円寺で居酒屋を経営している村木は、半年ほど前から「ナイトアンジュ」に通うようになり、週に一回は指名してくれていた。ありがたいことだが、正直、「夜姫杯」で指名されるのは複雑な気持ちだった。

村木は五千円のボトルを入れたら一ヶ月かけて飲むタイプで、乃愛もほかのドリンクは頼めない。つまり、セット料金だけでは、あまり売り上げにはならないのだった。

村木の席に着いている時間にほかの客の相手はできないので、時間が勝負の「夜姫杯」では大きなハンデとなる。

現時点で、中井と、音菜から指名替えをした坂井がきてくれていた。坂井は今日で三度目だが、過去の二回は十七万円のオーパス・ワンと十五万円のベルエポックを入れてくれた。

中井は言うまでもなく乃愛の太客ベスト3のうちの一人で、二週間で四回来店していたが、仲間を引き連れて最低でも二十万円は使っていた。

村木に付いている時間で中井や坂井を接客すれば、数十万円単位の売り上げが見込めた。

——新人の頃、どんな客がきても差別なく同じ気持ちで接していたあなたはどこに行ったの？

脳内で、自責の声が聞こえる。だが、良心の呵責を感じるよりもいまは、鬱積するフラストレーションの苦痛のほうが大きかった。

「なんか、ごめんね。俺みたいな金を使わない客だと迷惑じゃない？」

村木が、卑屈な笑みを浮かべつつ言った。

「いえ、そんなこと全然ありません。きてくださって、嬉しいですよ」

愛想笑いを返しつつ、乃愛は心にもない言葉を口にした。

1位　花蘭（メビウス）　　8、405、000

2位　涼音（アンダルシア）　6、028、000
3位　乃愛（ナイトアンジュ）　5、544、000
4位　アンミ（ジュテーム）　4、856、000
5位　音菜（フロマージュ）　3、661、000

昨夜までの十四日間の売り上げランキングを、脳裏に蘇らせた。

三位という順位こそ守っていたが、花蘭や涼音との差は広がっていた。

花蘭の数字は、乃愛の先月の「ナイトアンジュ」で一位だったときの売り上げとほぼ同じだった。

乃愛自身も過去最高のペースだったが、上位二人のペース――とくに花蘭の席では、毎日必ず一本は三十万円以上のボトルが入っていた。

まだ花蘭の接客を一度もちゃんとみたことがない。今日こそは、この眼に焼きつけたかった。絶対女王とやらの接客を――。

「そう？　嬉しいこと言ってくれるねぇ。あのさ、前から訊きたかったんだけど、俺みたいな男でも恋愛対象としてあり？」

唐突に村木が訊ねてきた。

「いまは恋愛とかしようと思う心の余裕がないんです」

乃愛は穏やかに躱《かわ》した。

「またまたぁ〜。そんなこと言って、俺みたいな五十男の居酒屋のおやじだから、恋愛対象にならないんじゃないの？　年俸が億を超えてるようなプロ野球選手とかイケメンの俳優とかならさ、対象になるんじゃない？」

ねちねちと質問を重ねる村木に、いらいらが募る。

茉優が自殺してから、自分の愉しみなど考えたことがなかった。まさにいま、「夜姫杯」のために一年間すべてを犠牲にして突っ走っているところだ。しかも、ＶＩＰルームでは花蘭、涼音、アンミが太客を接客している。

「そんなことないですって」

平常心を掻き集め、乃愛は笑顔を作った。

「ならさ、今夜、俺と泊まってよ。週一ペースで通ったんだからさ」

「え？　泊まるって……。どこにですか？」

「そんなの、わかってるだろう？」

卑しく笑う村木をみて、頭の奥でなにかが弾けた。

「トイレに行ってきます」

乃愛は席を立ち、ラッキーのところに向かった。

「中井さんをＶＩＰに移して、私をすぐに村木さんの席から抜いてください」

「えっ、中井さんは、ＶＩＰ嫌いな人ですよね？　それに村木さんはまだ着いたばかりですから……」

「中井さんには、私から説明しますっ。売り上げがかかってるんです！」

「ですが――」

「もし私が優勝できなかったら、責任を取れるんですか!?」

乃愛の迫力に気圧されたラッキーが、弾かれたように中井の席へと向かった。

「そんなに、優勝することが大事か？」

振り返る。北山が哀しそうな眼で乃愛を見据えていた。

「社長も、絶対に花蘭さんを倒せと言ったじゃないですか？　お客さんに申し訳なく思ったり、罪悪感を覚えていたら、花蘭さんには勝てないって――」

乃愛は無機質な瞳で、北山の視線を受けた。

「ああ、たしかにそう言った。だが、それはほかの客をないがしろにしてもいいという意味じゃない」

「あのお客様は、焼酎しか飲まないので売り上げが見込めません。それだけならまだしも、今夜ホテルに行こうと誘われて」

「お客はお金を払って買った時間の中で、『夢』をみたいだけだ。売り上げが見込めないからって放置して太客に行くっていうのは、俺は好きじゃないな」

「社長が好きとか嫌いとか、関係ありません。私は、妹のために『夜姫杯』で優勝しなければならないんですっ」

「妹の仇を討つと言いながら、ナンバー1になりたいだけだろ？　最初に席に着いたときとは、別人になってしまったよ。もちろん、悪い意味でだ。結局、お前も花蘭と同類だ」

北山は冷たく言い残し、乃愛に背を向けフロアの奥に消えた。

——結局、お前も花蘭と同類だ。

脳裏に蘇る北山の声に、乃愛は拳を握り締めた。


「ごめんなさい。中井さんが嫌いなVIPに移って頂いて——」

席に着くなり、乃愛は中井に詫びた。

「いいんだよ。数多い指名客の中で、俺を選んでくれたんだろう？　逆に嬉しいよ」

中井が微笑み、赤ワインのグラスを宙に掲げた。

乃愛はミネラルウォーターのグラスを触れ合わせた。

VIPルームは十五坪ほどのスペースに四脚の応接ソファが設置してあり、十人が定員だ。詰めれば倍は座れるが、飛行機で言うところのファーストクラスのようにゆったりとした空間を提供するのが目的なので人数制限をしている。ほかに、三脚の応接ソファがあるVIPルームが二部屋あった。

「ナイトアンジュ」もそうだが、一般フロアのソファとはシルクの質も明らかに違う高価なものを使用していた。赤いソファはイタリア製のカッシーナで、一脚で二百万円近くする代物だ。

「すみません……」

「謝ることはないって。フロア好きなのは、いろんな女の子を一人でも多くチェックしたいっていうスケベ心があるからさ」

中井が、屈託なく笑った。

「なんかさ、『メビウス』のＶＩＰって豪華じゃね？」

左隣の席で涼音が相手にしているのは、色黒の肌にツーブロックの七三分けの髪、筋肉質の身体をピンストライプのスリーピースに包んだ〝輩系〟の客だった。

あの手の客は、焼酎やウイスキーの安価なボトルを入れてキャストに一気飲みを強要して潰そうとするタイプか、見栄を張って豪快に大枚をはたくタイプのどちらかだ。

涼音が付いている輩は、ＶＩＰで飲んでいるくらいだから後者のタイプに違いない。

乃愛の右手の奥まった場所の席では、花蘭が仕立てのいいスーツを纏ったロマンスグレイの紳士を接客していた。

涼音の客とはタイプが正反対だ。

花蘭の客は、歌舞伎町よりも銀座のクラブで飲んでいそうな雰囲気を漂わせていた。

通路を挟んで正面の席にはアンミがいた。アンミの客は、デニムにポロシャツというカジュアルな服装から察して、ＩＴ系の仕事なのかもしれない。

いずれにしても、この空間で飲むのは二、三十万円は楽に落としてゆく太客ばかりだ。

「最近、国内では、金沢とかが好きなんです。以前は沖縄とか大阪とか、一番メジャーな観光地ばかり行ってましたけど……。やっぱり、年を取ってくるとわびさびを求めてしまうんですかね？」

花蘭がしっとりとした口調で言いながら、微笑んだ。

――花蘭の凄いところは、どんな客にも対応できる卓越した接客術さ。

桐谷の言葉を、乃愛は思い出していた。

たしかに、いまの花蘭なら銀座のクラブで接客していても浮かないだろう。

「年を取ってくるって、二十代だろう？」

「もう二十四です」

「まだ二十四じゃないか」

「十五歳までが各駅停車、十五から二十歳までが快速、二十歳を超えたら急行、二十五歳を超えたら新幹線。因みに、これは一年が過ぎる体感速度なんですって」

花蘭が唇をへの字に曲げた。

「ずいぶん、小粋な皮肉じゃないか」

老紳士が愉快そうに笑った。

チェイサーに氷や水を入れる指使い、腕の角度、うなじの見え加減など、同性でも花蘭の仕草には見惚《みと》れてしまう。計算し尽くされているのか、それとも持って生まれたものか。どちらにしても、絵になる仕草だった。

六十代の男性を幼子のように笑わせる話術も、到底、自分には真似できそうもなかった。

老紳士のブランデーがなくなると視線を送り、アイコンタクトが返ってくれば新しく注ぐというのも、高齢のセレブ客にはウケるポイントに違いない。

チェイサーのグラスの外側に露がつけばさりげなくハンカチで拭い、客が煙草をくわえれば早過ぎず遅過ぎずのタイミングで太腿の横に置いたポーチから取り出したライターの火で穂先を炙《あぶ》る。ゆったりと会話で愉しませる。花蘭の目配りは細部にまで行き届いていた。

客の眼から自分がどう映っているか意識して振舞っているだろうことも窺える。ポーチも、ライターを取り出すたびに上半身を捻《ひね》るときのフォルムがセクシーなのを知っていて、計算の上で太腿の脇に置いているのだ。

僅か数分で、乃愛は花蘭がなぜ四年間負け知らずの絶対女王でいられるか、その理由を悟った。彼女の人間性は別にして、キャストとしての天才的資質は認めるしかない。

「VIPで飲んでるんだから、オーパスかマルゴーくらい入れなきゃかっこ悪くね？」

乃愛は首を反対に巡らせた。涼音が輩客の肩を男がそうするように抱き寄せていた。

「おい、お前、その雑な感じで金使わせようとすんなよ」

「雑に扱われんの好きだろ？　あたしさ、エッチのときは雑に扱われるの好きだよ」

涼音の言葉に、輩客の眼が輝いた。

やはり、涼音は計算ずくだ。シモネタトークの多用は、客に希望を抱かせて、金を使わせるための手段に過ぎない。本当に枕営業するキャストなら、接客のときにはなにも言わないものだ。

「仕方ねえから、『モエネク』を入れてやるよ」

輩客が言った。

「モエネク」とはモエシャンで一番高いネクターアンペリアルの略で、ラベルの色から「モエ黒」とも呼ばれている。

「モエなんてマジありえないし！　ＶＩＰで三、四万のボトルなんてないっしょ？　あたしみたいないい女とつき合いたいなら、ドンペリのロゼか、最低でもクリュッグのロゼ入れてくんなきゃ」

涼音がヘッドロックのように輩客の首を右腕で抱え込み、前後に揺さぶった。

「つき合ったら、高いボトル入れてやるよ」

「あたしさぁ、餌のない針に食いつく女じゃねーし！」

「わかったわかった。いくらだよ？」

「ドンペリ・ロゼが十八万で、クリュッグ・ロゼが十三万」

「じゃあ、クリュ――」

「スタッフぅ〜、ドンペリ・ロゼお願いしまーす！」

涼音が輩客を遮り、芸人のネタを真似て黒服に注文を告げた。

「マジにお前、ありえねー女！」

吐き捨てるように言っているものの、輩客の顔は嬉しそうだった。

「凄いね」

中井が言った。

「本当ですね。圧倒されちゃいます」

「俺が凄いって言ったのは、乃愛ちゃんのことだよ」

「えっ？」

「だって、俺のことよりほかのキャストのことばっかり観察してない？」

中井の言葉に、乃愛は微笑む。一年前の自分なら、顔を強張らせるか表情を失っているところだ。

「ごめんなさい。中井さんを放置しちゃいましたね」

「乃愛ちゃん、根性が据わってきたね。それとも、もともとかな？」

中井が、悪戯っぽく言った。

「私なんて、玉ねぎですよ」

「なんだい？　それは？」

「大きくみえるけど、皮をむき始めたらどんどんちっちゃくなって、最後は、これくらいの芯になっちゃいます」

乃愛は、左手の小指の先を摘まんでみせた。

「ノミの心臓？」

「はい。ストレスで心臓が破裂しそうです。私、あのふたりに売り上げで負けてて、どんなお客さんで、どんな接客をして、どんなボトルが入ってるのかって……。気になって気になって、中井さんに集中できないんです」

人を食ったような顔で、乃愛は言った。

勝負に出た。

冗談が通じなければ、最大の功労者を失ってしまう恐れがある。冗談が通じても、冗談のまま流されたら意味がない。

冗談と本気の絶妙なバランス――センスが重要になってくる。それも自分のセンスと中井のセンスがリンクしなければならない。

リスクの高い勝負だが、ここでスパートをかけなければ花蘭どころか涼音にさえ勝つことはできない。

「一番の常連客の前でそんなことを言うなんて、呆れた子だな」

中井の口もとは笑っていた。瞳の奥も笑っていた。

「嘘を吐くの嫌いだし苦手なので、正直な気持ちを伝えてるんですよ。だから、呆れないでください」

「わかったよ。じゃあ、どうやったら、目の前の中井さんに集中できるのかな?」

冗談めかした口調で、中井が訊ねてきた。

「すみません、ヘネシー・パラディ・エクストラお願いします」

花蘭が四十万円のブランデーの銘柄を黒服に告げた。

「シャトー・ラトゥール、プリーズ!」

間を置かず、アンミが二十万円のワインの銘柄を黒服に告げた。

「ここにいる誰よりも、高いお酒の名前を言うことができれば、中井さんに集中できます」

みるみるうちに、中井の顔つきが険しくなった。

やってしまった。どうやら、乃愛の勝負は裏目に出てしまったようだ。

「調子に乗り過ぎました。ごめんなさい……」

「なーんてね」

中井が胸の前で手を叩きながら笑った。

「ひどいです、本当に。心臓が止まりそうになりました」

安堵の吐息を漏らしつつ、乃愛は言った。

「ごめんごめん。ちょっと、からかっただけさ。お詫びに、ムートン、マルゴー、ラトゥールのシャトー三兄弟を入れるから、俺に集中してくれるかい？」

三本で六十万円——乃愛は上気した顔で頷き、黒服に告げる。

その瞬間、涼音とアンミがほとんど同時に乃愛を振り返った。

「三本も、マジか!?」

涼音が思わず声を上げた。

輩客は聞こえないふりをしてスマートフォンをイジっていた。

花蘭だけは、乃愛の注文が聞こえなかったとでも言うように老紳士の話に相槌を打っていたが、不意に席を立ってＶＩＰルームを出た。

嫌な予感がした。

「トイレに行ってきます」

乃愛は中井に断り、花蘭に続いて一般フロアに出た。

「富永《とみなが》さーん、いつまでちびちびハイボール飲んでるのよぉ。花蘭、泡物飲みたい気分なんだけどぉ」

乃愛は、眼と耳を疑った。

トイレの近くの席に座るプロレスラーのようなガタイのいい男性に、花蘭はソファの背凭れ越しに首を絞めながら甘えた鼻声を出していた。ＶＩＰルームでのしっとりとした口調で機転の利いた会話を老紳士としていた彼女とは、言葉遣いも顔つきも別人のようだった。

これが、変幻自在の接客術を持つ花蘭の真骨頂なのか？

「ちっとも戻ってこないから、シャンパン頼んでも意味ないし」

大きな身体に似合わない拗ねた口調で、富永が言った。

「わかったぁ。じゃあ、店長に五分以内に富永さんの席に付けてくれるように頼むからさぁ、私が戻ってくるまでにぃ、泡物を入れといてくれる？　すぐに乾杯したいからぁ」

みているこちらが恥ずかしくなるほどの舌足らずな喋り方でおねだりする花蘭に、富永は表情筋が切れたようにだらしのない顔をしていた。

「ドンペリのロゼで大丈夫？」

遠慮がちに、富永が訊ねる。その弱気な訊ねかたは、十五万円もするボトルを入れてあげようというときの態度ではない。逆に言えば富永にとっての花蘭は、十五万円程度では卑屈にならなければならないほど高い女ということなのだろう。

「全然嬉しいけどぉ、花蘭はピンクより金が好きかなぁ、なんちゃって。冗談だよぉ。だって、ゴールドは四十万もするからさ、富永ちゃんに悪いもーん。ＶＩＰルームのお客さんに頼むからぁ、忘れて」

富永の頭を撫で、花蘭がウサギのように跳ねながらトイレに向かう。

花蘭の姿が見えなくなると、富永はすかさず黒服を呼んだ。

「花蘭ちゃんに、ドンペリのゴールドを入れてください」

黒服に告げる富永を見て、乃愛は悟った。

人間性を捨てなければ、「夜姫」にはなれないことを――。

☆

テーブルに、シャトー・マルゴー、シャトー・ムートン、シャトー・ラトゥールの三本が並ぶ光景は圧巻だった。マルゴーはすでに、ほとんど残っていない。

VIPルームに残っているのは、乃愛と中井だけだ。三十分前までは、花蘭と涼音とアンミの客もいた。

VIPルームに客がいないからといって、安心はできない。

現に、花蘭はつい数十分前にフロアの客から四十万円のドンペリ・ゴールドを入れて貰っていた。しかも、花蘭には新規の客が二人増え、現在四組の指名客がいた。

「シャトー三兄弟を飲み比べできるなんて、贅沢だね」

中井が、ワイングラスのルビー色を照明に翳しながら言った。

「こんなに高価なボトルをたくさん入れて頂いて、なんとお礼を言っていいのか……。本当にありがとうございます」

嘘ではなかった。三本で六十万円の売り上げは、かなり助かった。だが、中井からの売り上げはもう望めない。

早く新規客のテーブルに付いて売り上げを――。乃愛は慌てて考えを打ち消した。自分のために、多額の金を使ってくれた中井にたいして申し訳なかった。

だが、こうしている間にも花蘭は売り上げを伸ばしているかもしれない。

「乃愛ちゃんの夢ってなに？」

唐突に、中井が訊ねてきた。

「夢は……」

乃愛は、言葉が続かなかった。夢など、考えたことがない。茉優が命を絶ってからは、花蘭と星矢に復讐することしか頭になかった。

「ほしいものとか、行きたいところとかないの？　乃愛ちゃんくらいの年頃の子ならさ、お洒落や旅行なんかに興味があるんじゃない？　乃愛ちゃんと知り合って一年経つけど、そういう話、したことないよね？」

「そう言われれば、そうですね」

乃愛は、曖昧に微笑んでみせる。苦しみながら死んだ茉優のことを考えると、人生を愉しみたいとは思わなかった。

「休みの日とかさ、なにしてるの？　買い物とかスポーツとか？」

呼吸をし、食事をし、排泄をし、睡眠を取ることの繰り返し。乃愛の人生は、植物と同じだ。咲き続けるために、水と養分を吸収する。それ以上でも、それ以下でもなかった。

「お洗濯とかお掃除とか、日頃できないから、結構、溜まっちゃうんですよね」

「貴重な休みがもったいない」

「乃愛さーん」

黒服が抜きに現れた。

「ごめんなさい。まだお話を聞きたいのに……。すぐに、戻ってきます」

言葉とは裏腹に、乃愛はホッとしていた。

プライベートの話をしている精神的余裕も時間的余裕もなかった。いまは、一円でも多くの売り上げがほしい。乃愛は視界の端で、あるかなきかの哀しげな表情を浮かべる中井の顔を捉えた。

悪いとは思う。だが、一年前のように胸は痛まなくなっていた。

グラスに名刺を置いて席を立つ瞬間、乃愛は悟った。復讐を終えても、昔の自分には戻れないということを。

☆

「君は、キャバ嬢なんてやってるのもったいないよ。もし、よかったら、一度、僕の経営している事務所においで」

一般フロア――乃愛の斜向かいの花蘭のテーブルには、仕立てがよさそうな濃紺のベロアのジャケットを着た四十代と思しき客がいた。赤ワインを飲んでいる。

テーブルにボトルがないのを確かめ、乃愛は胸を撫で下ろした。

富永という客がドンペリのゴールドを入れてからは、花蘭のテーブルにボトルが入っていないことは黒服に確認していた。

「そんなことないです。私なんかよりかわいい子は、星の数ほどいます」

花蘭が慌てた感じで、顔の前で手を振った。今度は、素朴な女性を演じているのだろう。

「それに、女優さんやモデルさんは、人間じゃないみたいにきれいな人ばかりですから」

「いやいや、芸能人はきれいにみえるけど、ほとんどメンテナンスしてる子ばかりだからさ」

「メンテナンス?」

花蘭が、首を傾げ気味にして客をみつめた。もちろん、花蘭がメンテナンスの意味を知らないわけがない。

「整形のことだよ。加えて、メイクとライトと修整が入ってるしね。生でこれだけかわいいなんて、まずないから。しかも、ビジュアルだけじゃなくて内面もいいなんて奇跡だよ」

客が、眼を細めて花蘭をみつめた。

「ああ、やだやだ。ああいうタイプの男って、格好つけてるけど心の中じゃヤルことしか考えてないんだよ」

銀縁眼鏡の奥から、花蘭の客に冷たい眼を向けながら一ノ瀬《いちのせ》が皮肉っぽく吐き捨てた。

薄くなった頭頂、ワイシャツのボタンを弾き飛ばしそうに突き出た腹──一ノ瀬は新宿に三件のバーを経営していた。四十代にみえるが、まだ二十九歳と若い。

「花蘭さん、本当にきれいですから。性格もいいですし」

胸に、アイスピックで貫かれたような鋭い痛みが走った。

一ノ瀬に好印象を与えようとしている自分に──憎き花蘭を褒めてまでボトルを入れさせようとしている自分に、反吐《へど》が出る思いだった。

「そんなに褒められたことないから、私、困ります」

花蘭がはにかみ、俯く。乃愛は耳を疑った。

「君みたいなきれいな子が？　信じられないな」

客が、大袈裟に眼を見開いた。

「本当ですよ。学生時代は、本ばかり読んでいる暗い子でしたから。いまより十キロ太っていましたし。もしきれいにみえるとしたら、メイクがうまくなったのと、照明が暗いおかげです」

眼を伏せながら、謙虚な言葉を並べる花蘭。でたらめに違いないが、花蘭が言うと不思議な説得力があり、もしかしたら、と思ってしまう。

「僕は、信じられないな。薔薇の花が、誰からも美しいって言われたことがないなんてさ」

客は言うと、花蘭をみつめた。

「かーっ、あいつ、マジで言ってるのか？　昭和のメロドラマに出てた俳優かよ。それにしても、あのキャスト、騙されなきゃいいけどな」

一ノ瀬がしかめっ面で吐き捨てたあとに、心配そうに呟いた。

一ノ瀬は、わかっていない。心配するべきなのは、花蘭ではなく客のほうだ。

「それに、君はずっとナンバー1なんだろう？　そんな子が、モテないわけないじゃないか」

「いままでは、運がよかっただけです。でも、その運も、ここまでです」

花蘭が、力なく微笑んだ。

「どういうこと？」

花蘭の撒いた餌に、客が食いついた。

「私、今回の『夜姫杯』で負けそうなんです」

「え？　でも、君が一位だってほかの子が言ってたよ」

「いまは、です。三位の子が凄い勢いで追い上げてきてて……」

言葉を切った花蘭が、乃愛に視線を向ける。

「あの子、乃愛ちゃんのほうみたよ。物凄い勢いで追い上げてきてる三位の子って、乃愛ちゃんのこと？　大人しそうな顔してさ、案外、やり手なんだな」

皮肉っぽい口調で、一ノ瀬が言った。

「私のほうこそ、たまたまです」

「そうかなぁ？　怖いな、歌舞伎町のキャバ嬢は。ねえ、月にいくら貰ってるの？　百万？　百五十万？　まさか、それ以上とか？」

一ノ瀬が、矢継ぎ早に訊ねてきた。

「そんなに貰っていません」

嘘——乃愛の月収は一ノ瀬の言うところの、まさか、の金額だった。

金のために優勝したいわけではない。だが、まずい展開になってきた。

花蘭の一言で、値の張るボトルを勧める雰囲気ではなくなってしまった。

花蘭は、わざと一ノ瀬の耳に届くように言ったに違いない。

「そうなんだ。もしよかったら、力になるよ。ボトル、なにを入れようか？」

乃愛の耳が、敏感に反応した。

「え？　いえいえ、そんなことしないでください。私も、そういうつもりで言ったんじゃないですから」

花蘭が、顔の前で手を振っている。そんなこと、露ほども考えていなかったとでも言うように。
「いや、僕の大事なお姫様に誰かの背中をみせるわけにはいかないよ」
客が、手を上げて黒服を呼んだ。
「ドンペリのゴールド入れて」
乃愛は、弾かれたように花蘭のテーブルに眼をやった。富永に続いての四十万円のボトル
――胃がキリキリと痛んだ。
「だめですよ！　あ、ボトルは入れなくてもいいですから」
強い口調で客に言うと、花蘭は黒服に注文を取り消した。
乃愛は、思わず声を出しそうになる。ポーズで止めるのならわかるが、花蘭は客の入れた
ボトルを本気で取り消してしまった。
「あの子、よくできたキャバ嬢だねぇ。売り上げがほしくてたまらないだろうに客のことを
考えて断るなんて……。やっぱり、カリスマキャストって言われているだけあって人間がで
きてるよ」
一ノ瀬の言葉に、乃愛は平常心を失いそうだった。
「本当に、こうやって顔をみせてくださるだけでも十分ですから、高いボトルを入れようと
なんてしないでください。でも、お気持ちだけでも嬉しいです。ありがとうございました。
トイレに行ってきますね」

客に言い残し、花蘭が席を立った。

通り過ぎ様――乃愛に顔を向けた花蘭の口もとに浮かぶ薄笑いが気になった。

「いやいや、キャバ嬢の鑑《かがみ》だね」

一ノ瀬がハイボールをちびちびと飲みながら、感心したように頷いていた。針の筵に座らされているような気分だった。

「あ、君、ちょっと……」

ふたたび、花蘭の客が黒服を呼び止める。とてつもなく、嫌な予感がした。

「さっきの注文、入れてくれるかな。彼女が戻ってくる前に、早くね」

鈍器で頭を殴られたような衝撃を受けた。

「まあ、あんな気遣いをみせられると、ボトルを入れてあげたくなる気分もわかるな」

「そうですね。花蘭さんを、見習わなきゃですね」

うわずった声で言いながら、乃愛は強張った作り笑いを浮かべた。

花蘭は、すべてが計算ずくだったのだ。しかも、同時に乃愛の売り上げの芽を摘んだのも、花蘭のシナリオ通りだったに違いない。

グラスを持つ手が、屈辱に震えた。

花蘭は、一時間も経たないうちにあっさりと八十万円も売り上げを伸ばした。乃愛は全力疾走していまの順位につけているが、花蘭は八分の力で流している。

「夜姫杯」は折り返し地点なので、まだ日数は十分に残っている。だが、自分以上のスピードで駆ける花蘭には、追いつき追い越すどころか、逆に突き放されてしまうだろう。このままでは勝てない……。乃愛の背筋を、焦燥感と絶望感が競うように這い上がった。

――お姉ちゃん、私、彼氏ができたとよ！　星矢君っていって、芸能人みたいにかっこよか人よ。今度、紹介するけんね！　お姉ちゃんが好きになったらいかんばい。

脳裏に蘇る茉優の笑顔が、挫けそうになる乃愛を奮い立たせた。

どんな手を使ってでも、負けない。乃愛は、心の中で自分自身に誓った。

2

「停めてください」

乃愛が言うと、運転手が怪訝な表情でタクシーを路肩に寄せる。乗車してから、まだ百メートルも進んでいなかった。

「すみません。忘れ物をしたので」

「区役所通りのほうまで、戻りましょうか？」

「いえ、大丈夫です。お釣りは、いりませんから」

乃愛は早口で告げると、タクシーを降りた。

いつもはつけない大きめのサングラスとマスクで顔を隠し、明け方の白みかけた空の下、中央通りに足を踏み入れた。

まだ区役所通りにいるだろう常連客に、姿をみられるのはまずい。

つい一、二分前、アフターで行ったバーを出て別れたばかりだ。常連客は乃愛の乗ったタクシーが自宅に向かったと思ったに違いない。

顔見知りのキャストにも会いたくなかった。

「いま、アフター終わり？」

韓流アイドルのようなシルバーアッシュのマッシュヘアのホストを無視して、乃愛は中央通りを奥に進んだ。

「ウチの店、寄ってかない？」

別の２ＷＡＹショートヘアのホストも無視する。

目的地のビルの前で、乃愛は足を止めた。

ビルの外壁には煌びやかな電飾にライトアップされたホストの写真が並んでいた。

乃愛はサングラスだけを外し、「ナイトバロン」の看板の脇にある、レッドカーペットが敷かれた螺旋階段を下りた。

ずっと前から、店の場所は知っていた。

「ナイトアンジュ」に働き始めてからは、歩いて数分の距離なのも知っていた。

そのときがくるまで、足を向けないつもりだった。

そのときは、もう少し先のはずだった。

シナリオを変更したのは、花蘭の強さを目の当たりにしたからだ。

花蘭を「夜姫」から引き摺り下ろすために、一か八かの賭けに出ることにした。

「いらっしゃいませ。初めてのお客様ですか？」

階段を下りると、店の前に立っていた黒服が訊ねてきた。

「ええ」

「こちらへどうぞ」

乃愛は、恭しい態度で店内に促す黒服に続いた。

琥珀色の光に包まれたエントランス——白大理石の壁に嵌め込まれた液晶ディスプレイに映し出される、ナンバー1から10までの写真が乃愛を出迎えた。

一際大きなサイズのナンバー1の写真を睨みつけ、乃愛は足を踏み出した。

フロアに続く通路には幻想的にライトアップされた特大の水槽が五、六メートル続いている。水槽の中には、カラフルな熱帯魚が泳いでいた。

待機しているホスト達の視線が、乃愛に集まった。

全面鏡張りの壁には、照明やアルコールランプが幾重にも煌びやかに映り込んでいた。通路のライトアップされたガラス張りの床——そこには、百本は軽く超えているだろう黄金の薔薇の造花が咲き乱れていた。

広大なフロアのボックスソファは、二部営業が始まったばかりだというのに七割がたは埋まっていた。

さすがは、歌舞伎町ナンバー1の売り上げを誇る人気店だ。

フロアの入口近く、白革のソファに案内された。

「改めまして、いらっしゃいませ。私、店長の伊能《いのう》と言います。まずは、当店のシステムを説明させて頂きます。初めてのお客様にはファーストシステムが適用されます。二時間三千円で、十五分ごとに八人のホストが席に着きます。もちろん、気に入ったホストがいれば途中で指名も──」

「星矢さんをお願いします」

乃愛は店長を遮り、指名を入れた。

「本指名ということでよろしいですか？　指名料金が別途四千円かかりますが」

乃愛は頷く。

「お飲み物はなにになさいますか？」

「星矢さんがきてから、頼みます」

「かしこまりました。では、星矢がくるまで、ヘルプのホストがお相手──」

「あ、誰も付けなくて結構です」

瞬間、驚いた表情になった店長だが、すぐに笑顔を取り戻し、頭を下げテーブルを離れた。

マスクもつけたままヘルプを断る女――さぞかし、不審に思われていることだろう。

構わなかった。二度目の来店はない。今日で、すべてのカタをつけるつもりだった。

乃愛はスマートフォンを取り出した。

桐谷から送信されたＬＩＮＥで十五日経過時点でのランキングを開いた。

1位　花蘭（メビウス）　9、231、000
2位　乃愛（ナイトアンジュ）　7、738、000
3位　涼音（アンダルシア）　7、422、000
4位　アンミ（ジュテーム）　5、116、000
5位　音菜（フロマージュ）　3、979、000

二百万円以上売り上げを伸ばし、ついに涼音を抜いて二位に浮上した。だが、それでも花蘭とは百五十万円ほどの開きがある。

残りの営業日は十日間。

顧客の絶対数で負けている乃愛は全力で飛ばしていたが、花蘭はまだ余裕を残しているはずだ。乃愛の客が尽きた残り数日間で、温存していた客の売り上げをまとめて入れてくるに違いない。

　このまま正攻法で戦っていたら、二位はあっても優勝はない。花蘭を抜くには、話題性を作り、新規客を爆発的に増やす必要があった。

　乃愛の頭に浮かんだシナリオがうまく運べば、一石二鳥――すべてを終わらせることができる。だが、失敗すれば、乃愛は復讐の機会さえも失ってしまう。

「芸能人？」

　いきなり、声をかけられた。

　以前はプラチナブロンドだった髪は落ち着いたアッシュグレイになり、ウルフカットは前髪を下ろしたマッシュヘアになっていた。印象は変わったが、軽薄そうな喋りかたと中性的な整った目鼻立ちは二年前と変わらなかった。

　いい男でしょう？　と言わんばかりの決め顔で、星矢がみつめてきた。

　ダイジェストのように蘇る記憶に、心臓が早鐘を打った。

　記憶の中の星矢に、怒りを向けてきた。記憶の中の星矢を、何度も殺してきた。いま、手を伸ばせば届く位置に妹の仇がいる――。

　乃愛は小さく息を吐き、気持ちを静めた。

「はじめまして、星矢です。本指名してくれて、ありがとう」

　乃愛の隣に腰を下ろし、星矢が名刺を差し出す。自信満々に八重歯を覗かせ、微笑む。

煮え繰り返る腸《はらわた》、煮え滾る血液——ふたたび込み上げる怒りから、意識を逸らした。

星矢に悟られてしまえば、計画がフイになってしまう。

「はじめまして」

乃愛は頭をちょこんと下げた。

「なんでマスクしてるの？　顔バレしちゃうから？」

「芸能人じゃないけど、理由があってほかのお客さんに顔をみられたくないの」

二年前、ふっくらした頬が赤い「おてもやん」のようなメイクをしていた自分に一度会ったきりの星矢には、マスクを取っても目の前の女性が同一人物だとはバレない自信はある。

だが、客の中に知り合いのキャストがいるかもしれない。

「へぇ～、なんの理由？」

言いながら星矢が足を組み、ソファの背凭れに手を回し、乃愛に身体を密着させてきた。

そうすれば、すべての女性がときめくとでも言うように。

「今日、私、物凄く目立つ飲みかたしちゃうからさ」

「目立つ飲みかたって、どんな？」

「驚くような高いボトルを入れようと思ってるの」

乃愛は眼を三日月形に細め、悪戯っぽく笑った。

「それは嬉しいけど、どうして初対面からそんなにしてくれるの？」

星矢が、大袈裟に眼を見開きながら首を傾げ気味にした。

彼の頭の中でイメージできているのは、せいぜいドンペリレベルのボトルに違いない。

「星矢君のこと、雑誌やホストグランプリの動画とかで観てて、モノにしたいなって思っててさ」

「刺激的なこと言ってくれるねぇ〜。いったい、いくらのボトルで俺を落とそうとしてるのかなぁ？　俺は歌舞伎町一のホストだから、お値段のほうは少々高くなっておりますよ〜」

星矢が、本気半分、冗談半分といった口調で言った。

「私、ＡＶ嬢だから、そこそこお金は持ってるの」

乃愛のでたらめに、星矢の瞳が煌めいた。さっきまでは半信半疑だったホストの狩猟本能が目覚めた瞬間だ。

「有名な子？」

星矢が顔を近づけて訊ねた。

「企画ものの女優だけど、シリーズものにたくさん出演してるから貯金はあるんだ」

乃愛は悪戯っぽく笑ってみせる。今日のために、ＡＶ嬢についてネットで勉強し知識を詰め込んでいた。

「そんなこと聞いたら、余計に顔がみたくなっちゃったよ」

星矢が乃愛の髪の毛を撫でてきた。

全身の皮膚に走る鳥肌——頭に上昇する血液。乃愛は奥歯を噛み締め嫌悪と激憤を堪えた。

「部屋でふたりになったら、みせてあげる。いくらなら、あなたを貸し切れる？」

意味深に言いながら、乃愛は艶っぽく濡れた瞳でみつめた。

「そうだな、ドンペリのゴールド以上なら——」

「これならどう？」

星矢を遮るように、乃愛はブランデーのメニューを指差した。

「金額……一桁見間違ってない？」

星矢が演技ではない驚きの表情で訊ねてきた。

「『カミュ　ミッシェル　ロイヤル　バカラ』、二百五十万でしょ？」

乃愛は言いつつ、トートバッグから取り出した帯封のついた百万円の札束を二つと五十万円をテーブルに置いた。

星矢が札束に視線を向けながら、呆っ気に取られた表情で息を呑んだ。

「これで、歌舞伎町ナンバー1ホストを貸し切りにできるかしら？」

乃愛の問いかけに、我を取り戻した星矢が笑顔で頷いた。

☆

「なに飲む？」

恵比寿のラブホテル——星矢はミニバーを覗き込みながら、訊ねた。

「なにがあるの？」

乃愛は訊き返し、ベッドの枕の下に素早く手を入れた。

「ビール、ミネラルウォーター、スポーツドリンク……」

「じゃあ、お水で」

乃愛は言うと、何事もなかったかのようにベッドの縁に腰かけた。

「ほい」

星矢が乃愛と並んで座り、ミネラルウォーターのペットボトルを手渡すと缶ビールのプルタブを引いた。

「もう、顔をみせてもいいだろ？」

「もちろん」

乃愛は、マスクを取り微笑んだ。

「想像以上のクオリティ！」

星矢が指笛を鳴らす。言動の一つ一つに虫唾《むしず》が走る男だった。

「だけどさ、安奈《あんな》ちゃんにはマジで驚いたな。いきなり二百五十万のボトルを入れて俺をホテルに連れ込む女の子なんて、初めてだよ」

乃愛の偽名を口にした星矢が、欧米人のように肩を竦めた。

「私、狙った獲物は逃がさないタイプだからさ」

「超肉食女子じゃん！」

想定外の超太客を捕まえ、星矢はご機嫌だった。

彼はわかっていない。捕まったのは、自分のほうだということを。

「でも、私さ、エッチは超Mなんだよね」

「どんなふうに？」

「めちゃめちゃ乱暴な扱いをしてほしい。レイプしてるみたいな感じで」

「おっ、いいね！　俺さ、超ドSだから相性ピッタリじゃん」

星矢が、卑しい笑みを浮かべた。

「じゃあさ、襲ってよ。着替え持ってきてるから、ワンピを破いてもいいからさ」

乃愛は、紙袋に視線をやりながら言った。

「マジでいいの!?」

「うん、いいよ。思い切り、罵りながら犯してよ」

「ヤベっ！　もう、ちんこ勃《た》ってきた！」

乃愛の心は、ほとんど温度を失っていた。

「私、抵抗するからさ」

「本当に、やっちゃうよ？」

乃愛は頷いた。

「オーケー！　レディーゴー！」

星矢が中身の入った缶ビールを床に放り投げ、乃愛を押し倒した。

「なにすんのよ！　触らないでよっ」

「ラブホきてんのになに言ってんだ!?　淫乱の肉便器が！」

星矢が罵声を浴びせ、ワンピースの胸もとを引き裂いた。

弾け飛んだボタンがベッドに散乱した。

「エロい下着つけやがって！」

星矢がブラジャーを乱暴に剝ぎ取る。

「嫌だって！　やめて！」

乃愛は悲鳴を上げた。拒絶は演技ではなく本心だった。

露わになった乳房を星矢が鷲摑みにし、乳首にむしゃぶりついてきた。

「やめてっ、お願いっ――」

演技ではない鳥肌が全身を埋め尽くす。

乳首に吸いつきながら、聖矢は器用に上着とズボンを脱ぎ捨てた。

「やめてったら――」

「嫌がってるふりしてんじゃねえよ！」

星矢がワンピースの裾をたくし上げてパンティを脱がすと、乃愛の太腿を押し広げ顔を埋めた。舌先が乃愛の肉襞《にくひだ》を押し分け、膣内に侵入してきた。

背筋を這い上がる嫌悪感――灰皿を、頭に叩きつけてやりたかった。

「だらしないまんこしやがって！」

罵声を浴びせた星矢が、突起した肉芽を吸いながらボクサーパンツを脱いだ。

早くこい……。早く……。

「淫乱なまんこに、ぶち込んでやる！」

願いが通じたのか、上体を起こした星矢が乃愛の中へと入ってくる。

「嫌ーっ！」

眼尻から零れる涙――声をかぎりに叫びながら、右手をヘッドボードに伸ばし、左手を枕の下に滑り込ませた。

右手に摑んだスマートフォンのダイヤル110の番号キーをタップした。

腰を動かしていた星矢が、怪訝な顔になる。

「誰に電話――」

「助けてくださいっ、助けてください！　恵比寿の『ルシアン』ってラブホテル――」

途中で切られたように、キーをタップして通話を終了した。

「お前っ、なんのつもりだ!?」

腰の動きを止めた星矢が、血相を変えて叫んだ。

「二年前、あんたが弄んで死に追いやった中條茉優を忘れたわけ？」

「えっ？　中條？」

「美容師のインターンをやってた、ボトルを入れるお金もなくなって冷たく捨てられた女の子、私の妹よ。駐車場でアルファロメオに乗り込むときの私とのやり取り、覚えてないとは言わせないわ」

「あっ、お前、まさか――」

表情を失う星矢に酷薄な笑みを浮かべながら頷き、枕の下から左手を抜いた。

「や、やめてくれ！」

乃愛の手に握られているバタフライナイフを見た星矢が声を裏返し、ベッドの下に転げ落ちた。

「勘違いしないで。あんたから、すべてを奪ってやるわ」

冷え冷えとした声で言いながら、乃愛は己の右の眼尻から顎にかけてナイフで切り裂いた。

焼けるような痛みが、頬に走る。

勢いよく迸る鮮血が、あっという間にベッドを赤く染めた。

「なっ――」

星矢が蒼褪《あおざ》め絶句した。

「もうすぐ、警察が迎えにくるわよ……」

乃愛は、氷のような瞳で星矢を見据えた。

「じょっ冗談じゃねえぞ……。自分でやったんだろうが！　俺は、なにもやってねえぞ！」

我に返った星矢がズボンとワイシャツだけを身につけ、上着をひったくるように摑み部屋から飛び出した。

乃愛は仰向けになった。

警察がくるまで、少し休もう。病院に行き、警察で事情聴取を受けなければならないので、仕事前に眠れるのはいまだけだ。

傷の痛みに抗うように、乃愛はゆっくりと眼を閉じた。

3

「お客さん、大丈夫ですか？」

ルームミラー越しに、運転手が心配げに訊ねてくる。返事をするのも億劫だった。額に脂汗が浮き、悪寒が走った。

傷の影響で、発熱しているのかもしれない。乃愛は背凭れに倒れ込むように身を預け、スマートフォンのネットニュースをチェックした。

歌舞伎町ナンバー1ホストが、歌舞伎町ナンバー1キャバ嬢を傷害レイプ！

新宿のカリスマキャストがカリスマホストに刃物で切りつけられレイプ被害に！

レイプ魔は、伝説的ホスト、「ナイトバロン」の星矢容疑者24歳。被害者はナンバー1キャバクラ嬢、「ナイトアンジュ」の乃愛さん21歳

乃愛は、キャバクラ専門掲示板のスレッドを覗いた。

1　ナンバー1ホストの星矢が、ナンバー1キャバ嬢をレイプして捕まったらしいぞ。
2　つき合ってたとかじゃなくて？
3　それはないだろ？　キャバ嬢のほうは顔をナイフで刻まれたらしいからな。
4　3↑マジか!?　星矢って、カリスマホストって言われて女には困ってないはずだろ？　なんでレイプする？
5　しかも女の命の顔まで切りつけて。
6　実はつき合ってて別れ話が拗《こじ》れてとか？
7　ホストとキャバ嬢は、店長の証言では初めて店で出会ったらしいぞ？
8　「ナイトアンジュ」のホームページをいますぐクリック！

9　乃愛ちゃん、超かわいいじゃん（笑）
10　さすがナンバー1だけのことはある（笑）
11　無理矢理でも、こんなかわいいキャバ嬢とやっちゃったんだろ。羨まし（笑）
12　11↑氏ね。
13　11↑ゴミ
14　11↑クズ
15　被害者の乃愛ちゃん、病院で右頬を十四針縫ったのに、「夜姫杯」ってコンテストのために今夜も出勤するらしいぞ！
16　マジで……（◎＿◎;）
17　ありえないだろ（笑）
18　じゃあ、今夜行けば乃愛ちゃんに会えるのか？
19　会場は、歌舞伎町の「メビウス」。
20　行こう行こう！
21　生乃愛ちゃんに会いたい（〃▽〃）
22　サイン貰おうっと（*´▽｀*）

乃愛は、眼を閉じた。

縫ったのは十四針ではなく十六針で、麻酔が切れかかり傷口が痛み始めていた。傷口の縫合のあと、病院のベッドで横になりながら警察の事情聴取を受けた。

仕事終わり、「夜姫杯」の営業のために初めてホストクラブに行った。「夜姫杯」で倍のお金を使うからと、星矢に二百万円以上するボトルを入れさせられた。アフターでしこたま酒を飲まされ、気づいたらラブホテルに連れ込まれていた。必死に抵抗したらナイフで顔を切りつけられ、レイプされた。

乃愛にも落ち度のある供述だが、決め手は十六針を縫う怪我を負わされたことだった。取り調べを受けている星矢は乃愛に嵌められたと訴えているらしいが、顔が命のキャバクラ嬢が、自らの頰をナイフで切ってまで嘘を吐くはずがないと、警察は取り合わなかった。

星矢にとってもう一つの悲劇は、数年前に歌舞伎町のホストが女性客をラブホテルに連れ込んでレイプ、自殺に追い込んだという事件があったことだ。

こういった事件ではキャバクラ嬢という仕事柄、得てして被害者も自業自得と言われることもあるが、顔に負った大怪我が乃愛を守ってくれた。そして、乃愛は目的のために、キャストのブログにレイプされ顔に傷を負ったことをあえて公表した。店に出勤することも記している。

疑われないためだけに、自らの顔をナイフで切りつけたわけではない。

目的を果たせば、女として生きるつもりはなかった。

「到着しました」

運転手の声に、眼を開けた。

タクシーがスローダウンし、区役所通りの路肩で停まった。

☆

午後七時。営業開始まで、あと二時間あった。

タクシーを降りた乃愛は、ふらつく足取りで「メビウス」の入るビルに向かう。

ビルの前に、テレビカメラや一眼レフを持ったマスコミ関係者が十人以上待ち構えていた。

乃愛はゆっくりと足を踏み出す。

「乃愛さんですか？　歌舞伎町のカリスマホストにレイプされたって本当ですか!?」

「頬の傷は、星矢容疑者に切りつけられたものですか？」

「星矢容疑者とは、初めて会ったんですか？」

「こんな事件に巻き込まれて大怪我しているのに、どうして仕事を休まないんですか？」

明滅するフラッシュ、差し出されるICレコーダー、矢継ぎ早の質問——乃愛は、もみくちゃにされながらエントランスに向かった。

エレベータの扉が開くと、血相を変えた北山と桐谷が飛び出してきた。

「すみません、通してください！　コメントはあとから正式に出します。彼女は怪我をしてますので、通してあげてください！」

北山が大声で叫びマスコミを掻き分けながら、乃愛のもとに駆け寄ってきた。

「ほらほら、どけよっ！　ここは店の前だ！　営業妨害で訴えるぞ！」

桐谷がマスコミを怒鳴り散らし、道を開けさせた。

通行人、出勤途中のキャストやホストが、ビルの周りに黒山の人だかりを作っていた。

「どうして休まない？」

乃愛の肩を抱きかかえビルへと誘導しながら、北山が咎めるように言う。

「私は……、『夜姫』にならなければいけないんです」

掠《かす》れた声で、乃愛は答えた。

「先にエレベータに乗ってください。俺は、マスコミ対応をしますから」

桐谷が言うと北山が頷き、乃愛とともにエレベータに乗った。

「星矢は、妹さんの自殺の原因になった男だろう？　仕組んだのか？」

エレベータの扉が閉まると、北山が訊ねてきた。咎めるのではなく、むしろ労《いたわ》るような口調だった。

「もしそうだとしたら、私を軽蔑しますか？」

乃愛が質問を返すと、北山が小さく首を横に振った。

「軽蔑どころか、お前に謝らなきゃならないな」

——妹の仇を討つと言いながら、ナンバー1になりたいだけだろ？　最初に席に着いたときとは、別人になってしまったよ。もちろん、悪い意味でだ。結局、お前も花蘭と同類だ。

北山の言葉が、脳裏に蘇った。

「お前が非情になったのも、売り上げを伸ばすことに異常なまでに執着していたのも、本当に妹さんの仇を討つためだったんだな。悪かった。俺を許してほしい」

北山が、乃愛に向き直り深く頭を下げた。

「まだ、ですよ」

乃愛は、喘《あえ》ぐように言った。

頭を上げた北山の顔には、疑問符が浮かんでいた。

「まだ、終わってませんから」

乃愛が言うと同時に、エレベータの扉が開いた。

「あんた！　なんてことしてくれたの!?」

乃愛がエレベータを降りた瞬間、花蘭が鬼の形相で詰め寄ってきた。

「やめないかっ。乃愛は怪我をしてるんだ」

北山が乃愛を庇うように立ちはだかった。

ほかのキャストが、遠巻きに事の成り行きを見守っていた。

「同情する必要なんてないわ！　星矢に罪を着せるために、自分で切ったに決まってるんだから！　まったく、なんて女なの⁉」

「だとしても、先に乃愛を傷つけたのは、お前達だろう？」

北山が、押し殺した声で言った。

「なんですって？　社長はこの女の肩を持つの？　もしかして、この女狐に惚れたわけ？」

花蘭が夜叉のような形相で、北山に食ってかかった。

「お前な――」

「残り十日で――」

乃愛は、北山を押し退《の》け花蘭の前に歩み出た。

「あなたを終わらせるから……」

荒い息を吐きながら、乃愛は花蘭を睨みつけた。

「そんな傷物に、私が負けるわけないでしょうが！　あんたこそ、覚悟しなさいっ。完膚なきまでに叩き潰してあげるから！」

花蘭が乃愛を指差し、火の出るような勢いで宣戦布告してきた。

「待ってて……」

無意識に、乃愛は呟いた。

「えっ？　なに？」

花蘭が怪訝な顔で訊き返す。

乃愛は眼を閉じた。

もうすぐ、終わらせるから――。

瞼の裏に浮かぶ茉優に、乃愛は約束した。

4

「一ヶ月にわたる『夜姫杯』も、無事に終わりを迎えた。これより、第五回『夜姫杯』のランキングベスト5を発表する」

午前二時。客のいなくなった「メビウス」のフロア――私服に着替えた二十五人のキャストの視線が、特設ステージに立つ山城に注がれた。

五位以内が確定している乃愛、花蘭、涼音、アンミ、音菜の五人は、山城の背後に並べられた一人掛けのソファに座っていた。

十六針縫った頬の傷は、昨日抜糸していた。

皮膚が赤く膨れ上がり傷跡が目立っていたが、絆創膏やファンデーションで隠すことはしなかった。

美しかろうが醜かろうが、どうでも構わなかった。

「第五位は、最終売り上げが六百二十七万四千円、『フロマージュ』の音菜！」

拍手に迎えられ、音菜が腰を上げ山城からマイクを受け取った。

「お疲れ様です。五位という数字は満足できるものではないですが……」

——星矢は、強姦致傷罪で送検されたらしい。

北山から聞かされたときに、安堵しただけで喜びはなかった。

星矢が有罪になろうとも、茉優は生き返りはしない。

事件のあと、テレビ、週刊誌、ネットニュースから取材や出演のオファーが殺到した。

「夜姫杯」が終わるまでの間にオンエアされる番組だけ、オファーを受けた。

このタイミングで星矢にたいしての復讐を敢行した目的は、あくまでも「夜姫杯」に自分目当てでできてくれる新規の指名客を増やすことと、なにより従来の太客から同情を買ってよりお金を落としてもらうことだったから。

「第四位は、最終売り上げが八百八十五万三千円、『ジュテーム』のアンミ！」


——事件を知ってびっくりしちゃった……。怪我は、大丈夫なの？

ニュースをみた七海が、乃愛に電話をかけてきた。

——はい。明日、抜糸なんです。ご心配、おかけしました。

——「夜姫杯」、花蘭とデッドヒート演じてるんだって？　凄いね。一年前の、初心で無欲だったあなたが……。信じられないわ。

――七海さんが、右も左もわからない私に、親切にしてくれたおかげです。

――ねえ、乃愛ちゃん。いま、幸せ？

不意に、七海が訊ねてきた。

――いまも昔も、幸せと感じたことはありません。

乃愛は、迷うことなく言い切った。

茉優が自殺した時点で、乃愛の人生も終わっていた。

――そう。もし「夜姫杯」で優勝したら、どうするの？

「第三位は、最終売り上げが九百二十一万三千円、『アンダルシア』の涼音！」

――さあ、考えたこと、ありません。

優勝したあとのことなど、どうでもいい。乃愛にとって重要なのは、優勝するためにどうするか、それだけだ。


「さあ、いよいよ、ここで第二位の前に、第五回『夜姫杯』の優勝者を発表する」

山城が言うと、キャスト達がざわめいた。

「優勝者は、最終売り上げが一千三百二十四万一千円」

一千万円超えの売り上げに、ふたたびフロアがどよめいた。

花蘭が立ち上がり、乃愛の前に歩み寄ると腰を屈めた。

正面にあった花蘭の顔が、乃愛の顔の横にきた――二人の身体が重なった。

下腹部が、熱くなった。

「『ナイトアンジュ』の乃愛！　第二位は一千二百五十九万五千円、『メビウス』の花蘭！」

驚愕の声がフロアを揺らした。

「星矢の仇よ、地獄に落ちなさい」

花蘭が、耳もとで囁き身体を離す。

腹に突き刺さったナイフの周囲に、赤い染みが広がった。

ざわめきが、悲鳴に変わる。キャスト達の驚きの顔が流れて、横になった。

「おいっ、乃愛、大丈夫か!?」

山城の声が鼓膜からフェードアウトした。

フロアの照明が落とされ、闇が広がった。

エピローグ

「私の頬の傷跡ばみた人から言われたとよ。女ヤクザみたかって。失礼ばいね。女性に向かってそげん言いかたばするなんて」

乃愛は遺影の茉優に語りかけた。

茉優はにっこりと微笑んでいる。

「ま、仕方なかか。頬だけじゃなくて、お腹にも刺し傷があるけん、ヤクザ顔負けかもしれんばいね」

乃愛は冗談めかしながら笑った。

三年前までは、笑顔になれる日がくるとは思わなかった。いや、星矢と花蘭を許せる日がくるとは思わなかった。

強姦致傷罪の星矢と殺人未遂罪の花蘭の刑はともに懲役五年。ふたりが刑務所にいるから寛容になったわけではない。

三年前、「夜姫杯」で優勝した夜、花蘭に刺された乃愛は救急病院に搬送されて一命を取り留めた。

見舞いにきたある人物の一言が、乃愛を漆黒の闇から救い出してくれた。

――一人の仇は嵌めて刑務所送りにした。もう一人の仇はお前を殺し損ねて刑務所送りになった。ふたりが牢獄に囚われたいま、お前の気持ちは晴れたか？

――私は、自分の気持ちを晴らすためにこんなことをやっているわけじゃ……。

――なにより、妹さんがこんな姉貴の姿をみて嬉しいと思うか？　妹のためにふたりに復讐していたのなら、今度は、妹のためにふたりのことは忘れて自分のために生きろ。それこそが、本当に妹を想う姉の姿だ。

その瞬間、無窮の闇が取り払われたような気がした。

もしかしたら、最初から闇など存在しなかったのかもしれない。

「今日は、体入希望の面接ばい。最近の子はだめね。ちょっとダメ出しばすると、すぐに辞めるけんね。ゆとり教育の弊害ねって、私もゆとりばいね？」

乃愛の笑い声に、ＬＩＮＥの着信音が鳴った。

To女ヤクザさん
急がないと面接時間に遅れるぞ！
By未練がましいキャバクラ経営者

「まったく。じゃあ、行ってくるけんね」

乃愛は茉優に言い残し、立ち上がると窓を開けた。

外苑西通りに停めたヴェルファイアのフロントに寄りかかる北山が、腕時計を指差し手招きした。

乃愛は、小走りに玄関に駆けた。

――ウチの不動の「夜姫」を倒したばかりなのに、辞めるなんて言わずに、新しい「夜姫」を俺と一緒に探し出してくれよな？

脳裏に、三年前の北山の声が蘇る。

乃愛は勢いよくドアを開き、飛び出した。

新たな「夜姫」を探しに――。

取材協力

Tainew.com
体入ドットコム
https://www.tainew.com/

LuLINE
ルライン
https://luline.jp/

写真
吉成大輔
Photo/Hemera/Getty Images

装幀
bookwall

〈著者紹介〉
1998年、「血塗られた神話」で第7回メフィスト賞を受賞して作家デビュー。『ろくでなし』『カリスマ』『無間地獄』『溝鼠』『毒蟲vs.溝鼠』『悪虐』などノワール小説で独自の地位を築く一方、純愛小説を発表。『忘れ雪』『ある愛の詩』『あなたに逢えてよかった』で多くの読者の支持を得る。作風は多岐にわたり、芸能界・テレビ界を舞台にした『枕女優』『女優仕掛人』『ブラック・ローズ』、キャバクラの熾烈な競争を描いた『黒い太陽』『女王蘭』、実際にあった犯罪をもとにした『摂氏零度の少女』『東京バビロン』など著書多数。近著に『私立新宿歌舞伎町学園』『制裁女』『紙のピアノ』がある。

本書は書き下ろしです。原稿枚数246枚(400字詰め)。

夜姫
2017年3月25日 第1刷発行

著 者 新堂冬樹
発行者 見城 徹

発行所 株式会社 幻冬舎
〒151-0051 東京都渋谷区千駄ヶ谷4-9-7

電話:03(5411)6211(編集)
03(5411)6222(営業)
振替:00120-8-767643
印刷・製本所:株式会社 光邦

検印廃止

ISBN978-4-344-03089-3 C0093
幻冬舎ホームページアドレス http://www.gentosha.co.jp/

この本に関するご意見・ご感想をメールでお寄せいただく場合は、
comment@gentosha.co.jpまで。